Onmyoji
Tokaiji Karura no
jikenbo

陰《おん》陽《みょう》師《じ》

東海寺迦楼羅の事件簿《とうかいじかるらのじけんぼ》

1

人体発火の譚

石崎洋司
絵・亜沙美

目次

第一怪　人間ろうそく

第二怪　京大光線

ブックデザイン／飛弾野由佳（金魚ＨＯＵＳＥ）

第一怪

人間ろうそく

1

結界《けっかい》

夜空のほとんどが、黒い雲におおわれていた。

星も月も雲にのみこまれて、あたりはどろりとした闇《やみ》に包まれている。

目のまえにそびえたっているはずの山の頂《いただき》はおろか、鼻先にかざした自分の手さえ見えない。

が、足もとでは、無数の小さな赤い光がまたたいていた。

山狩《やまが》りの男たちが手にする松明《たいまつ》だ。

火灯《ひあか》りは寒風にゆらめきながら、人魂《ひとだま》のように山の斜面《しゃめん》をはいあがってくる。

「出てこいや！　人殺し！」

「わしらの山から、逃《に》げられると思うなや！」

ちがう！　おれじゃない！

おれはだれも殺しちゃいない！

そう叫《さけ》びたい衝動《しょうどう》をぐっと抑《おさ》えこむ。

よそ者のヤクザが、殺しの現場から飛びだすところを見られたのだ。おれのいいぶんなんか、警察だってまともに聞いちゃくれまい。

ましてて、相手は地元の青年団。自分の村の者を殺されたことで、みんな頭に血がのぼっている。つかまれば、警察にひきわたされるまえに、なぶり殺しにされかねない。

いまは動かないほうがいい。この漆黒《しっこく》の闇《やみ》が山を包んでいるあいだは、いくら土地勘《とちかん》のある青年団でも、おれを見つけることはできないはず……。

「……ド～……ヲ～」

なんだ？　ハチか？　まるで虫の羽音みたいに、わんわんと……。

「ドウ……、サセ……。セイ……シロ……」

ちがう。人だ。これは人の声だ。

「ドウマンドノガ……。セイメイドノガ……ゲッサセ……」

なにをいってるのか、わからない。が、低くうなるような声といい、抑揚《よくよう》がないようであるところといい、まるで経《きょう》をあげているように聞こえる。

――ビビるんじゃねぇ。こんな夜中に、山の中で経を読む坊主《ぼうず》がどこにいる。

そう自分に活を入れたとき。

ごう。

風がひときわ強く吹《ふ》いて、激しく葉を鳴らした。

それを合図にしたかのように、ぱあっと、あたりが明るくなる。

見上げると、雲がぱっくりと割れて、銀色の満月が顔をのぞかせていた。

——うそだろ、おい……。

すぐに月は雲にのまれて、あたりはふたたび闇《やみ》に包まれる。

が、風は吹き続け、雲のあちこちに割れ目を生んでいく。そこから月が顔を出しては消え、また顔を出す。そのたびに、フラッシュをたいたかのようにおれの姿を浮《う》かびあがらせた。

「あそこや！　あの木のかげや！」

「おーい、みんな、こっちや、こっちや！」

ピー！　ピー！　ピー！

笛の音がけたたましくこだまする。黒い斜面《しゃめん》にちらばっていた松明《たいまつ》の灯《あか》りが、エサに群がる魚のように、こっちへ集まりはじめた。

「くそっ！」

おれは四つんばいになると、斜面をはいあがった。

悪あがきだとはわかっていた。山狩《やまが》りは、獲物《えもの》をふもとから頂《いただき》へと追いつめていくもの。登ったところで逃《に》げ場《ば》があるわけもない……。

「ドウマンドノガナワヲハリ……」

経《きょう》をあげるような声が大きくなった気がして、頭の中に葬式《そうしき》の場面が浮《う》かんだ。

――ふざけんな！　おれはまだ死んじゃいねえ！

「そこや、そこや！」

「右からまわれ！」

ピー！　ピー！　ピー！

しゃにむに両手両足をもがくたび、熊笹《くまざさ》の鋭《するど》い葉が容赦《ようしゃ》なく腕《うで》と顔に切りつけてくる。

「セイメイドノガシロガネグワヲサゲッサセ……」

とつぜん、経を読む声がとぎれた。

「こっちへ」

涼《すず》やかな声がした。

ぎょっと顔をあげると、細く、白い顔が、おれを見下ろしていた。

切れ長の大きな目。あごはとがり、唇《くちびる》は薄《うす》く、ほんのりと赤い。

――女か？

「だ、だれだ……」

白い顔にかすかな笑《え》みが浮かんだ。

「おたがい名乗っているひまはないのではありませんか？」

男の声だった。おだやかで、鈴《すず》が鳴るように軽《かろ》やかで、若い。が、たしかに男の声だ。

「とにかく、ここにお座《すわ》りなさい」

細い手がおれの二《に》の腕《うで》をひきよせる。あっと思ったときには、こんどは両手で肩《かた》を押《お》し下《さ》げられていた。思いのほか強い力に、おれは、なすすべもなく、しりもちをつく。

そこは、大木の根元にぽっかりと空いた洞《うろ》だった。

「動いてはいけませんよ。声もあげないように」

男がくるりと背をむける。すぐにハチの羽音のような低くうなる声がした。

「ノウマク・サラバ・タタギャテイビャク・サラバ・ボッケイビャク……」

経《きょう》なのか、呪文《じゅもん》なのか、よくわからない。が、さっきとちがって、葬式《そうしき》を思わせる不穏《ふおん》な響《ひび》きはなかった。むしろ、ひきこまれるような心地《ここち》よささえ感じる。

「サラバタ・タラタ・センダ・マカロシャダ……」

なにより不思議なのは、背をむけているのに、あの紅をさしたような薄《うす》い唇《くちびる》の動きが、ありありと目のまえに見えることだった。

――いったいどうなってるんだ……。

「ケン・ギャキギャキ・サラバ・ビキンナン……」

男の白いほおが、さっと赤く染まった。

松明《たいまつ》の灯《あか》りだ。山狩《やまが》りの青年団が、ついにここまでやってきたらしい。

おれはあわてて根方《ねかた》の洞《ほら》に体をねじこんだ。とはいえ、体の半分も隠《かく》せなかった。男のほうに松明をむけられたら、おれの姿も炎《ほのお》の光の中に浮《う》かびあがるにちがいない。

——やめろ。そのおかしな呪文《じゅもん》を唱えるのをやめろ。

「ウンタラタ・カンマン」

心の声が届いたかのように、呪文が止まる。が……。

「ノウマク・サラバ・タタギャテイビャク……」

——おい、やめろったら！　見つかるぞ！

「どこへ行きよった！」

「たしかに、このあたりにおったはずや！」

山狩りの一団は男のすぐ横に立っていた。その姿はなぜか陽炎《かげろう》のようにゆらめいてはいたが、日焼けした顔も、血走った目玉も、はっきりと見てとれる。

「サラバ・ボッケイビャク・サラバタ・タラタ……」

——ああ、もうだめだ……。

が、思いもよらないことが起きていた。

山狩《やまが》りの男たちが、きょろきょろと、あたりを見まわしている。手をのばせば届くところで、男が呪文《じゅもん》を唱えているというのに、声はおろか、姿にさえ気づいていないらしい。どこだ、どこだと叫《さけ》びながら、松明《たいまつ》をあらぬ方向につきだしている。と、そのうち……。

「ここにはおらんな」

——なんだと？

「もう上へ逃《に》げたんやろ」

えらのはった男の言葉に、まわりの男たちがうなずいている。

「ああ、きっとそうや。わしらの気配を感じて、上へ逃げたんや」

「アホなやっちゃ。てっぺんにむかうほど、逃げ場所はなくなるっちゅうに」

若者たちは、わっと笑い声をあげると、遠くの仲間たちに声をはりあげた。

「もそっと上じゃ！　みんな、上へ行くぞ！」

上じゃ、上じゃというこだまとともに、無数の火灯《ひあか》りが空へと遠ざかっていく。

やがて、あたりはしんと静まりかえった。

夜空をおおっていた雲がすっかり消えて、満月と星が冷たい光を放っている。

「ど、どうなってるんだ……」

のろのろと立ちあがるおれを、少年とも青年ともつかない、つややかな顔がふりかえった。

「結界《けっかい》です」

「ケッカイ？」

「これです」

白い指が一本の木を指さした。そこに細ひもがかかっていた。目でひもをたどると、さらに三本の木をめぐらせてあった。おれが身を隠《かく》した木を中心にして、ぐるりと四角くひもでかこんであるらしい。

「空間を四角に区切り、呪《しゅ》を唱えると、魔性魔群《ましょうまぐん》の侵入《しんにゅう》を許さない霊的《れいてき》な空間が生まれ、わたしたち霊能者《れいのうしゃ》の修行《しゅぎょう》の道場となります。それを結界というのですが、あなたはそこへころがり、いえ、もぐりこんでいらっしゃった……」

切れ長の目が細ひもの下を見つめている。どうやら、おれは斜面《しゃめん》をはいのぼるうち、ひもをくぐって、結界とやらの中に入りこんだ、そういうことらしい。

「といって、あなたを責めているのではありませんよ。わたしが最初に唱えていた祭文《さいもん》では、人の侵入は防げません。まさか人は来ないだろうと、高をくくったわたしが悪いのです」

若者は肩《かた》をすくめると、ふっと笑った。

「そこで不動明王《ふどうみょうおう》の火界呪《かかいじゅ》を唱えました。近づいた人の姿がゆらめいて見えたことと思いますが、それは火界呪によって結界が霊力《れいりょく》の炎《ほのお》で包まれたからです。こうなると中のようすも見えず、気配さえも感じさせません。だから、あの人たちは去っていったんです」

――なんだ、こいつ。わけのわからないことをべらべらと……。

あらためて眺《なが》めてみると、この若者、身につけているものも奇妙《きみょう》だった。

たぶん和服だろう。黒い着物の上に、白く薄《うす》い着物を重ねているのだが、その袖《そで》は鳥が翼《つばさ》を広げたような形をしていた。その下にはいた袴《はかま》は、だぼだぼのズボンのようで、裾《すそ》は足首のところでむすんである。

「これは狩衣《かりぎぬ》といいます」

若者はおれの視線に気づいたらしい。

「むかしの陰陽師《おんみょうじ》はみな、こういうかっこうをしていたんだそうです。別にいつも着なくちゃいけないわけではありませんが、今夜はちょっと気分を出したかったもので」

薄い唇《くちびる》のあいだから舌をのぞかせ、子どものように笑う。

「あ、陰陽師とは、わかりやすくいえば、占《うらな》いや悪霊《あくりょう》退散の祈禱《きとう》を生業《なりわい》とする者です。このあたりじゃ〈拝み屋〉ともいうそうですが、とにかく霊力《れいりょく》がなければなりません。それにはなにより修行《しゅぎょう》が必要で、その点、この弥谷山《いやだにやま》は神仏の霊験《れいげん》あらたかな霊場《れいじょう》として有名……」

とつぜん、若者は両手で口をおさえた。

「す、すいません、名乗りもせずに、ぺらぺらと」

若者は居住まいをただすと、両手をそろえて、ぺこりと頭を下げた。

「あらためまして、わたし、東海寺迦楼羅《とうかいじかるら》といいます」

思いもよらない行動に、おれもつられて頭を下げていた。

「お、おれは、麻倉《あさくら》。麻倉豪太郎《ごうたろう》だ……」

「豪太郎さん、ですか。なるほど名前のとおり強そうです。でも失礼ですが……」

迦楼羅とかいう男は、ひときわ大きく目を見開いて、おれの顔をのぞきこんだ。

「お年はわたしとあまり変わらないのでは？　わたしはこの十二月で十八になります」

「おれは先月、十八になったところだが……」

「やっぱり！」

迦楼羅の顔がうれしそうに輝《かがや》いた。

「それで、豪太郎さんはなぜ人殺しの汚名を着せられたのですか」

『汚名《おめい》』という言葉に驚《おどろ》いた。おれが人殺しの罪で追われていることは、さっきの青年団の会話からわかったかもしれない。だが……。

「なぜ、おれが犯人じゃないとわかる？」

「わたしは陰陽師《おんみょうじ》ですから」

「なんだって？」

「陰陽師《おんみょうじ》は人を占《うらな》います。ひと目見て、その人となりはもちろん、いまなにに苦しみ、なににとらわれているかを見ぬけなければ商売になりません。豪太郎さんが結界に逃《に》げこんできたとき、わたしには、人を殺していないことがわかりました」

「なのに、おれが追われる身になったわけはわからないのか？」

聞きようによっては、意地の悪い質問だったろう。だが、他意はないことを感じとったのか、それとも天真爛漫《てんしんらんまん》なのか、迦楼羅は素直《すなお》にうなずいた。

「はい。まだ修行中《しゅぎょうちゅう》の身ですから、なんでもわかるわけではありません。でも、豪太郎さんが悪い人じゃないことはわかります」

「だから、おれを助けたのか？」

「それもありますが、興味がありました。人殺しの濡れ衣《ぬれぎぬ》を着せられるなんて、いったいなにがあったんだろうって。だから、ぜひお話を聞かせてもらいたいんです」

おれは首をふった。

「悪いがそんなひまはない。山狩《やまが》りの連中が消えたいまのうちにこの山を下り……」

「わたしも下ります。今夜はもう修行《しゅぎょう》になりませんし。道々、話してくだされぱいいんです。そのほうが豪太郎さんも死霊《しりょう》に取《と》り憑《つ》かれずにすみますし」

「死霊？」

思いもよらない言葉に、おれは目をむいた。

「このあたりの村では、人が死ぬと、その霊《れい》をすべてこの弥谷山に送ります。つまり、ここは死《し》霊《りょう》があふれかえってるわけですが、そこへ、ひとりでやってきた人間がいると、帰り道、その背中に死霊が取《と》り憑《つ》いて、いっしょに村に帰ろうとする。なので、この山には必ずふたりで、それ以上の場合も偶《ぐう》数《すう》の人数で入るようにといわれてるんです。さっきの山《やま》狩《が》りの人たちだって、ずいぶんおおぜいでしたが、絶対偶数だったはずですよ」

おれはあきれかえって、二の句がつげなかった。が、迦楼羅のほうは大まじめだった。

「ほら、子どものころ、三人で写真を撮《と》るとまんなかの人が早死にするとかいったでしょう？

あれと同じですよ」

「だが、あんたは……」

「『迦楼羅さん』と呼んでください。みなさん、そう呼んでくださいます」

「……ひとりでこの山に入ってるじゃないか」

「わたしは陰《おん》陽《みょう》師《じ》ですから。死《し》霊《りょう》除《よ》けぐらい、かんたんにできます」

いつものおれなら、こんな話、まともに聞いちゃいなかったろう。

あの〈結界〉とやらのことだって、心から信じたわけじゃない。

が、いま無事でいられるのは、この奇《き》妙《みょう》な若者のおかげだというのも否定できない現実だ。

「つまり、迦楼羅さんといっしょなら、無事に山を下りられるんだな」

素直《すなお》に相手の名前を呼んだことで、おれが観念したことがわかったのだろう。迦楼羅は鼻と鼻がくっつかんばかりの距離《きょり》にまで、にじりよってきた。

「そうです！　だから、その道すがら、話してくだされぱいいんです！　わたしも修行《しゅぎょう》続きで、ふつうの人と話すのもひさしぶりなんです。だから、ぜひ！」

いい、年も、背格好も同じ男の目が、おかしをねだる少女のように輝《かがや》いている。

「わかったよ……」

それから、夜の山を下りながら、おれは語りはじめた。

2

同行《どうぎょう》二人《ににん》

おれは生まれも育ちも横浜《よこはま》でな。

昭和《しょうわ》二十年五月の大空襲《だいくうしゅう》で親も兄弟も死んじまって、七歳《さい》でみなしごになった。いわゆる戦《せん》災孤児《さいこじ》ってやつだ。

そのあとは生き延びるのに必死でな、似たような境遇《きょうぐう》のガキとつるんで、盗《ぬす》み、スリ、ひったくりと、悪いことはひととおりやったもんだ。そんなとき、ヤクザの組長にひろわれて、そのまま極道《ごくどう》の世界に入ったってわけだ。

仕事はきつかった。ときどきヤバいけんかもあった。でも、屋根の下で寝《ね》られて、腹いっぱい飯を食わせてもらえるんだから、文句はなかったよ。

それなのに組をぬけたのは、今年の初めに押《お》しつけられた新しい仕事のせいだ。

組長の知り合いに、『紫苑《しおん》』っていう大金持ちがいて、そのひとり娘《むすめ》のボディーガードをやらされることになったんだが、これがとんでもない女でな。

派手好きなのはともかく、わがままで、気が短くて、とにかく人使いがあらい。

朝だろうが、夜中だろうが、平気で呼びだしちゃ、

『麻倉《あさくら》、ケーキが食べたいの。買ってきてちょうだい』

『麻倉、ダイヤの指輪が見つからないの。探してちょうだい』

あげくのはてに、

『麻倉、いま、あたしがどうしてほしいか、わかるわよね』

組長にはひろってもらった恩があるから、しばらくはがまんしたが、結局、ぶちきれて、一本どっこで生きてやるって、組を飛びだしたのさ。……ああ、『一本どっこ』ってのは、極道《ごくどう》の世界の言葉で、組に入らず、ひとりで生きていくヤクザ者のことよ。

瀬戸内海《せとないかい》をわたって香川《かがわ》まで来たのも、どうせ独立するなら、知り合いもいなけりゃ、なんのつながりもない土地のほうが、やりやすいと思ったからさ。

三日まえのことだ。となりの丸亀《まるがめ》って街で飲んでたら、若い男に声をかけられた。ひょろっと背が高くて、そのくせ妙《みょう》に肩幅《かたはば》の広い、かかしみたいなやつだったが、目つきが妙に鋭《するど》くてな。

案の定、『亀城会《きじょうかい》』っていう地元の組の若頭《わかがしら》だった。

井上《いのうえ》と名乗った男は、おれが流れ者の極道だとわかると、こういってきた。

『こっちに来たばかりなら、金を稼《かせ》ぎたいんやないのか？　となり町の港で、中国《ちゅうごく》から届く荷

物を受けとるって仕事があるんやが、にいちゃん、やる気あるかい？』

二つ返事でひきうけたよ。荷物の中身？　聞かなかったよ。自分で受けとりにいかねえんだ、密輸に決まってる。よけいなこと聞いて、めんどうにまきこまれるようなまねはしないさ。

そんなわけで、けさ、というか、夜明けまえ、指定された場所に行ったんだ。

この山のふもとに詫間《たくま》って街があるだろ。そこの港の外れだよ。いわれたとおりの船が泊《と》まってた。どこにでもある、ふつうの漁船だった。

だけど、船に乗りうつった瞬間《しゅんかん》、ひどいにおいに気づいた。人が焼けるにおいだ。まちがえるはずがない。空襲《くうしゅう》のとき、いやってほどかいだからな。

でも、ヤバい仕事には慣れてるし、金をもらうには荷物を受けとらなくちゃいけない。

おれは操舵室《そりだしつ》にむかった。そこで船長から受けとれっていわれてたんだ。

ところが、近づくにつれて、あのいやなにおいはどんどん強くなっていく。

早く終わらせたい。その一心で、閉まったドアの外から声をかけた。

『あのう、丸亀の井上さんにたのまれた者だけど』

返事はなかった。おれは声をはりあげた。

『荷物を受けとりにきたんだ。聞いてるだろ、亀城会の井上さんにわたすやつ』

やっぱり返事がない。それで、おれはドアの取っ手をつかんだ。

『おい、荷物を早く……』

ドアを開け放った瞬間《しゅんかん》、人の焼けるにおいがふきだした。

でも、だれもいなかった。あったのは、舵輪《だりん》のまえの椅子《いす》の上に人の形をした黒い灰だけだった。

いや、正確にいえば、人の形はしていなかった。

骨はおろか、頭だって残っちゃいなかったんだから。

それでも人が燃えた跡《あと》だとわかったのは、においと、二つの足からだ。足っていっても、黒い靴《くつ》を履《は》いた、足首から下だけだが。そこだけ焦《こ》げもせず、きれいに残ってたんだ。

驚《おどろ》いたよ。足がすくんで動けなかった。あんな焼死体《しょうしたい》、空襲《くうしゅう》のあとでも見たことなかった。

そのとき視線を感じた。ふりかえると岸壁《がんぺき》に人影《ひとかげ》があった。

『……井上さん？』

顔は闇《やみ》に溶《と》けて見えなかった。が、体型でわかった。背が高いうえに、棒をかついだみたいな、ひどいいかり肩《がた》。あれはまぎれもなく井上だ。ところが……。

『井上さん、船長が……』

おれが声をかけたその瞬間、影はくるりとおれに背をむけたんだ。そして、そのまま、ほのぐらい夜明けの靄《もや》の中へと姿を消したんだよ。

まずい。そう思った。自分は人殺しにされようとしている。すぐにそう気づいた。

船長を殺したのは井上なのか。それとも、おれも知らない井上の敵なのか。それはわからない。が、井上が関わりを避《さ》けるためにおれを利用したということだけは、はっきりしていた。

極道《ごくどう》の世界ではよくあるんだよ。組や親分を守るためによそ者を言葉巧《たく》みに誘《さそ》いこんで、罪を着せて、ほっぽりだすことがな。

そうとわかったらできることはひとつ。逃《に》げるしかない。

おれは漁船から岸に飛びうつると、駅をめざして一目散に走った。とにかくこの街を出る。それしか頭になかった。

ところが、駅まえにはもうおまわりがふたり、目を光らせていた。

あまりにも手回しがよすぎる。やっぱり井上がからんでいるのだ。となれば、手下や極道仲間はもちろん、地元の人間たちのあいだにもおれの情報は伝わっているはず。汽車はおろか、道を歩いて逃げることさえかなわないだろう。

それでおれは山にかけこんだんだが、それすら、だれかに見られていたにちがいない。

結局、山狩《やまが》りをかけられるはめになったってわけだ。

「うわぁ、おもしろいですね～」

迦楼羅《かるら》が大きな目をきらきらと輝《かがや》かせているのを見て、おれはむっとした。

「おもしろかねぇよ。こっちは殺人犯にされちまったんだぞ！」

これでもヤクザ者のはしくれ。声の迫力《はくりょく》と目つきの悪さは人なみ外れている自信はある。

が、迦楼羅はこわがるどころか、ぺろっと舌を出した。

「ごめんなさい、おもしろいっていうのは、豪太郎《ごうたろう》さんが受けとるはずだった荷物のことです」

「なんだと？」

「荷物は漁船にはなかったんですよね？　だって、豪太郎さん、手ぶらですし」

「あ、ああ……」

「だったら、船長さんを殺した犯人が持っていったと考えるのが自然です。殺しの理由も、荷物をめぐってもめたとか、騒《さわ》がれないようにいきなり襲《おそ》ったとか、いろいろ想像はつきます。でも、なぜ船長さんを燃やしたんです？　荷物が手に入れば、それでよかったはずでしょう？」

いわれてみれば、そのとおりだ。逃《に》げるのに必死で考えもしなかったが、たしかに人を燃やすのは手間も時間もかかる。わざわざそうしたのには、なにか理由があるはずだ。

「殺しの証拠《しょうこ》をつかまれたくなかったのかもしれないな」

刺《さ》し殺《ころ》せば傷口の形や深さから、銃《じゅう》を使えば弾丸《だんがん》から凶器《きょうき》が特定されるし、そこからアシがつくこともある。犯人はそれを避《さ》けようと、死体を燃やした可能性はある。

「なるほどぉ。やっぱりヤクザさんの考えることは、本格的ですね〜」

迦楼羅は、ほれぼれとおれの顔を見つめているが、そんなことで感心されたところで、こっちは少しもうれしくない。

「ただ、そうだとしても、燃えかたがおかしいんですよねぇ」

「燃えかた？」

「豪太郎さんは、焼死体《しょうしたい》には骨が残ってなかったとおっしゃいました。頭さえもね。そこまで燃やすには、かなりの高温でそれなりの時間、そう、たぶん千度から千二百度以上で三、四時間は燃やさなければなりません」

変なことにくわしいやつだ。

「だけど、そんなことしたら、絶対に人目につくし、第一、漁船も燃えちゃうはずです」

「なるほど……」

「でも、そうはならなかった。となると、どうにも荷物のことがひっかかるんです」

おれはぽかんと口を開けた。死体の不自然さの指摘《してき》までは理屈《りくつ》が通っている。が、なぜそこから荷物に話が行き着くのかがわからない。

それでも迦楼羅のほうは、すっかり納得《なっとく》したかのように、ひとりで大きくうなずいている。

「うん、そうですよ。豪太郎さんの無実を証明するカギは、絶対に荷物の中身にあるはずです。

ようし、こうなったら、じっくりと腰《こし》をすえていっしょに考えましょう」

「いっしょに？」

おれはあわてて首をふった。

「迦楼羅さん、これはあんたには関係のない話だ。山狩《やまが》りの連中から助けてくれたことには感謝しているが、山も下りてきたことだし、ここからはひとりで……」

「それはだめです。そんなことしたら、豪太郎さん、すぐにつかまっちゃいますよ」

迦楼羅は、にこにこしながら空を見上げた。

気がつけば東の空が明るくなっていた。月も星明かりもすっかり薄《うす》れて、反対に迦楼羅の少女のような白い顔がはっきりと見えている。

「とにかく、ひと寝入《ねい》りしたらどうです？　豪太郎さん、まる一日寝《ね》ていないのでしょう？」

白い指が畑のわきの物置小屋をさしていた。打ち捨てられてだいぶたつのだろう。屋根はかたむき、壁板《かべいた》があちこち破れている。

「だいじょうぶ、あそこは安全です。わたし、ちゃんと村の人に断りをいれてあるんです。修行《ぎょう》のあいだ、寝泊《ねと》まりさせてほしいと」

「し、しかし……」

「どうしても心配なら、また結界をはってあげますよ。だから、さあ、行きましょう」

迦楼羅はにっこり笑うと、おれの手をつかんだ。

★

気がつくと、目のまえが真っ暗だった。

一瞬《いっしゅん》、ぎょっとしたが、体の下にむしろが敷《し》いてあるのに気づいて、思いだした。

そうだ。村の青年団に追われていたところを、迦楼羅とかいう陰陽師《おんみょうじ》に助けられたのだった。

そのあと、山から下りて、物置小屋に入って横になって……。

どうやら、そのまま眠《ねむ》りに落ちたらしい。

「……これでよろしゅうございましたか」

どこかで女の声がした。ずいぶんと若い。

「……ありがとう。助かったよ」

こんどは若い男の声。これは迦楼羅……。

ちょっと待て。迦楼羅とおれはふたりきりだったはず。まさか、通報しようと……。

「おい！　だれと話しているんだ！」

跳《は》ね起《お》きて声のしたほうへ叫《さけ》ぶと、迦楼羅の白い顔が微笑《ほほえ》んでいた。

「だれといわれても、ここにはわたししかいませんが」

「し、しかし、いま女の声が……」

「夢を見たのでしょう。ずいぶんとうなされていましたよ」

たしかに、だれもいない。迦楼羅のほかに目に入るのは、あちこち穴の開いた壁《かべ》ばかり。

「……そ、そうか。で、おれは、どれくらい寝《ね》ていたんだ？」

「さあ、時計を持っていないものですから。とにかく今日はもう日が暮れました」

小屋にころがりこんだのは夜明けだったから、たっぷり半日以上も寝たことになる。

「おなかがすいたでしょう？　ちょうど雑炊《ぞうすい》ができましたから、いっしょに食べましょう」

土間の上に小さなたき火がおこしてあった。その上に小さな鍋《なべ》がかかっている。

においにつられて近づくと、迦楼羅がふたを開けた。白い米に赤いにんじん、緑のネギと、なにかの肉らしい小さな茶色い塊《かたまり》が、ぐつぐつと煮立《にた》っている。

猛烈《もうれつ》な空腹感が襲《おそ》ってきた。考えてみれば、きのうから一日半以上、なにも食べていない。

「こんなもの、いったいどこで……」

「豪太郎さんが寝ているあいだに、ひと稼《かせ》ぎしてきたのです」

「ひと稼ぎ？」

「わたしは陰陽師《おんみょうじ》です。村をまわって、占《うらな》いやお祓《はら》いをする代わりに、お金をいただきます。

今日は、娘《むすめ》の見合いの相手を占《うらな》ってほしいという方に出会えました」

迦楼羅は、ふちの欠けた木の椀《わん》に雑炊《ぞうすい》をよそうと、おれに差しだした。おれは飢《う》えた野犬みたいに食らいついた。

「見合い写真を見ると、男の右のまゆ毛が一本、ぴんと立ってました。それは正直者の特徴《とくちょう》です。宿曜道《すくようどう》で占ってみると、昭和五年四月十一日生まれで、本命宿《ほんみょうしゅく》が角宿《かくしゅく》……」

おれはあっというまに一杯目《ばいめ》を食べ終えた。話なんかろくに聞いていないのは明らかなのに、迦楼羅はおかわりをよそいながら、楽しそうに語り続けている。

「『少しがんこなところはありますが、物おじせず、人からも愛される性格です。この方ならお嫁《よめ》に行っても苦労はしないでしょう』、そういってあげると、とても喜んで、占い料のほかに米と野菜、猪《いのしし》の肉まで……。あ、もう一杯、おかわりをどうぞ」

三杯目をかきこみながら、おれは、この迦楼羅とかいう美少年がわからなくなっていた。結界だの、死霊《しりょう》だの、わけのわからないことをとうとうと語ったかと思えば、子どものように話をせがんだり、とつぜん論理的な推理をしてみたり。そして、いまは、まるで年を重ねた坊《ぼう》主《ず》のようだ。

「なあ、迦楼羅さん。あんた、なんでこんなに親切にしてくれるんだ？」

おれの問いに、迦楼羅が口に運びかけていた箸《はし》を止めた。

「袖《そで》ふり合うも多生の縁《えん》」

「なんだと？」

「人との縁は偶然《ぐうぜん》ではなく、深い因縁《いんねん》によって起こるもの。どんな出会いもたいせつにしなければならないという仏教の教えです」

「おいおい、辛気《しんき》くさい話はやめてくれ」

「でも、たいせつな教えです。一本どっこには特に」

おれは目を見はった。

「それは極道《ごくどう》の世界の……」

「極道と陰陽道《おんみょうどう》と、道はちがえど、ひとりで世間をわたっているということでは同じです。それに、一本どっことしては、わたしのほうが豪太郎さんよりは先輩《せんぱい》です。修行《しゅぎょう》のため、東京《とうきょう》の東海寺《とうかいじ》を出て、諸国をまわりはじめたのは一年以上もまえ。ほんとにいろんなことがありました……」

迦楼羅のようすがおかしかった。けっして絶やすことのなかった、やさしくも自信に満ちた微《ほほ》笑《え》みが消えて、うつむいた切れ長の目には、どこか悲しそうな光さえ宿っている。

「……とにかく、一本どっこでも、旅はひとりよりふたりのほうがいいってことです」

迦楼羅は椀《わん》を置くと、かたわらに置いてあったものを拾いあげた。

「ほら、ここにも書いてあるでしょう?」

つきだしたのは笠《かさ》だった。指の先に、かすれた墨《すみ》で漢字が四文字書いてある。

〈同行二人〉

「どうこうふたり? ふたりいっしょにいれば、霊《れい》に取《と》り憑《つ》かれないとかいう、あれか」

「どうぎょうににん、と読みます。お遍路《へんろ》はお大師様《だいしさま》とふたりづれという意味です」

「おへんろ? おだいしさま?」

「お遍路とは、四国《しこく》にある弘法大師《こうぼうだいし》の霊場《れいじょう》八十八か所をめぐって、祈願《きがん》をする旅のことです」

弘法大師は千年まえにいたえらい坊《ぼう》さんの空海《くうかい》のこと、この近くの善通寺《ぜんつうじ》で生まれ、若いころに四国をめぐって修行《しゅぎょう》をしたこと、それにならって八十八か所の巡礼《じゅんれい》の旅が始まったこと……。

「遍路の道は山あり谷あり。そのうえ、野犬もいれば、むかしは夜盗《やとう》や山賊《さんぞく》もいました。長い道中、病気にかかることもあるという、危険と隣《とな》り合《あ》わせの旅です。でも……」

迦楼羅の指が笠に書かれた〈同行二人《どうぎょうににん》〉の文字をそっとなでた。

「つねに弘法大師がそばにいて、守ってくださるんです。というわけで……」

迦楼羅は、いきなり笠をおれの頭にかぶせてきた。

「あと、これにも着がえてください」

白い着物を押《お》しつけられた。それに、数珠《じゅず》と鈴《すず》、ひもつきの布袋《ぬのぶくろ》も。

「山谷袋《さんやぶくろ》っていいます。いま着ているものは、ここに入れて肩《かた》からさげてください。数珠《じゅず》と鈴《すず》は手に、この輪袈裟《わげさ》は首にかけます」

あぜんとするおれの首に、迦楼羅は青いえり巻きのようなものをかけてきた。

「ちょっと待て。なんで、おれがこんなかっこうしなくちゃいけないんだ」

「いまのかっこうは目立ちすぎるからです」

迦楼羅はおれの胸にひとさし指をつきつけた。

「頭は角刈《かくが》り、白の開襟《かいきん》シャツに細身の黒ズボン。どう見ても堅気《かたぎ》の人には見えません。でも笠《かさ》をかぶれば、角刈りも鋭《するど》い目つきも隠《かく》せます。お遍路《へんろ》さんなら、野宿をしていてもとやかくいわれません。四国でよそ者が移動するには、これがいちばん目立たないかっこうなんです」

迦楼羅はにっこり笑うと、いきなり例の狩衣《かりぎぬ》とかいう和服を脱《ぬ》ぎはじめた。その足もとには、おれに押しつけたのと同じ白い着物がたたんで置いてある。

遍路の衣装《いしょう》をふたり分も、いつ、どこで、どうやって調達してきたんだろう……。

いや、いくら旅はふたりのほうがいいといっても、なぜここまでしてくれるのか……。

「迦楼羅さん、追われる身だから、今日のところは親切に甘《あま》えさせてもらうよ。が、おれも極道《ごくどう》のはしくれだ。堅気のあんたに、借りを作ったままってのはどうにも気持ちが悪い。とてもすぐにはチャラにはできないが、せめて飯代ぐらいは出させてくれ」

おれは、脱《ぬ》ぎすてたズボンを拾いあげると、ポケットに手をつっこんだ。なけなしの金だが、二、三千円はあるはず。とりあえず五百円ぐらいはわたして……。

バサッ

土間に札束が落ちた。が、おれが思っていたよりずっと厚かった。

十枚、いや、たっぷり二十枚はありそうだ。しかもやけに緑色がかっている。五十円札でも百円札でもないことは、ひと目でわかった。

「あれ？　これ、アメリカのお金じゃないですか？」

迦楼羅のいうとおり、札の上下に英語が書いてあった。まんなかには塔《とう》と建物と森の絵。そして、数字は〈100〉。まぎれもなく百ドル札だ。

「ああ、そうみたいだな。でも、ただのドル札じゃねぇ。こいつはグリーンマネーだ……」

横浜でアメリカ兵と何度も取引をしたから知っているが、米軍基地で給料として支払《しはら》われるのは『軍票《ぐんぴょう》』という軍隊が発行する疑似紙幣《ぎじしへい》で、おれたちはGI《ジーアイ》マネーと呼んでいた。それに対して、アメリカ本国で使われるふつうのドル紙幣《しへい》は、こんなふうに緑色をしていることから、グリーンマネーと呼ばれていた。

「アメリカ兵にとっちゃ、どちらの価値も同じだが、日本人にはちがう。一ドル＝三百六十円だが、グリーンマネーなら、一ドル＝三百八十円から四百円で換金《かんきん》できるんだ」

「じゃあ一千ドルで八十万円!?　すごい！　日野のルノーもスタンダードならおつりがきますね！　いや、あと二十万円もあれば、トヨペットクラウンが買えるじゃないですか！」

迦楼羅が口にしたのは、最近発売になった国産車の名前だ。占《うらな》い稼業《かぎょう》で世間を流れ歩く男が車好きとは、分不相応な趣味《しゅみ》だが、いまはそんなことより、なぜこんな大金がおれのポケットに入っていたか、そっちのほうが大問題だ。とにかく、まったくおぼえが……。

いや、ちがう。ぼんやりとだが、漁船の操舵室《そうだしつ》で紙の束を拾いあげたような記憶《きおく》がある。金、金で生きてきたおれのことだ。信じられない光景にパニックに陥《おちい》りながら、無意識のうちに札束をポケットにつっこんだのかもしれない……。

「うわあ！　ますますおもしろくなってきましたね！」

遍路《へんろ》の白装束《しろしょうぞく》に身を包んだ迦楼羅が、うれしそうに顔を輝《かがや》かせていた。

「それが消えた荷物の代金なら、荷物は高級車一台分もの価値があるもので、しかも、荷物を横取りしたのはアメリカ人かもしれないってことでしょう？　それよりなにより……」

迦楼羅はおれが手にしたドルの札束を指さした。

「灰になるまで人が燃えたというのに、その足もとのお札はなぜ燃えなかったんでしょうか！」

「あ……」

「豪太郎さん、いますぐ丸亀へ行きましょうよ！」

「丸亀？　な、なんで？」

「井上っていうヤクザさんのところに行くんです。自分で受けとりにいかなかったのは、中身を知っていたからですよね。こうなったら、直接聞くしかないでしょう！」

迦楼羅は、おれの手をつかむと、青い月の下へ飛びだした。

3 スポンタニアス・ヒューマン・コンバッション

二時間後、おれたちは亀城会《きじょうかい》の事務所をめざして、丸亀港《まるがめこう》近くの飲み屋街を歩いていた。まだ宵《よい》の口《くち》とあって、どの酒場の灯《あか》りも煌々《こうこう》と輝《かがや》き、潮と酒のにおいのあふれる通りは酔《よ》っぱらいたちでごったがえしている。こんな場所では遍路《へんろ》の変装もかえって悪目立ちしそうだが、井《い》上《うえ》にわたされた手描《てが》きの地図には、この道しか記されていないのだから、しかたがない。

さいわい、五分も歩くと、暗い倉庫街に変わった。

「ここだな」

おれは古びた三階建てのビルのまえで足を止めた。

すすけた赤茶色の壁《かべ》に、赤いサビの浮《う》いた玄関《げんかん》の鉄の扉《とびら》。そういえば、井上がいっていた。このあたりは戦争中も空襲《くうしゅう》にあわなかったので、古い建物が多く残っているのだ、と。

「わあ、いかにもヤクザさんが事務所をかまえそうな建物ですね。わくわくしてきます」

「迦楼羅《かるら》さん、喜んでる場合じゃないぜ。捨《す》て駒《ごま》にしたおれが現れたら、井上がどう反応するかわかったもんじゃないんだからな」

「でも、豪太郎《ごうたろう》さんがなんとかしてくれるのでしょう?」

開いた口がふさがらなかった。とはいえ、たしかに、なんとかするつもりではいた。でなきゃ、ここまで来たりはしない。一本どっこで世間をわたろうって男が、利用されたまま、だまって逃《に》げるわけにはいかないのだ。

「じゃあ、いくぜ」

重い鉄の扉《とびら》は、押《お》しあけると、ギィッとけたたましい音をたててきしんだ。

玄関《げんかん》ホールの石の床《ゆか》に、裸電球《はだかでんきゅう》が冷たい光を投げかけている。長い廊下《ろうか》の両側に、同じ形のドアと窓がずらりとならんでいるが、灯《あか》りのついた部屋はひとつもない。

「だれもいないみたいですね」

「堅気《かたぎ》の人間の仕事はもう終わったんだろ」

おれはホールのすぐ横の階段にむかった。

「行こう、迦楼羅さん。組の事務所は二階……」

階段に乗せた足が止まった。うしろで迦楼羅もはっと顔をあげている。

「豪太郎さん。これが、そのにおい、ですか……」

問いには答えず、おれは階段をかけあがった。一段上がるごとにおぞましいにおいはどんどん強くなっていく。

二階に上がって廊下《ろうか》を右にむかう。階段から三つ目のドアに、〈亀城会〉という表札がかかっていた。まちがいなく、においはそのドアのすきまからもれている。

おれは迷った。いや正直にいえば、おじけづいた。ドアのむこうで起きていることを想像すると、手も足も動かなかった。

「行きましょう！」

泳ぐように身を乗りだした迦楼羅の細い手がノブをまわす。

開いたドアから、においがふきだした。

「あっ！」

がらんとした部屋の中で、事務用椅子《いす》が、事務机を背にしてこちらをむいている。

そこに、大量の黒い灰がべっとりとこびりついていた。

床《ゆか》には革靴《かわぐつ》をはいた足首が二つ。まるで座《すわ》っていた人が足だけ忘れていったかのように、ならんでいる。靴からのぞく足首の断面は、まっ黒に焼けただれていた。が、見おぼえのある革靴は、焦《こ》げもせず、つやつやと黒光りしている。

漁船の操舵室《そうだしつ》で見たのとまったく同じ光景だった。

あの船長と同じように、井上も燃えたのだ。

が、ひとつだけ、ちがう点があった。

頭が残っていた。正確にいえば、人間の頭とほぼ同じ大きさの、真っ黒に焦《こ》げた球が、足のあいだにころがっていた。

「やっぱりSHCでしたか！」

薄暗《うすぐら》い部屋に迦楼羅の声がこだました。白い顔が興奮でピンク色に染まっている。

「漁船の話を聞いたとき、そうじゃないかとは思ったんですが、本物を見たことがあるわけじゃないので確信が持てなくて。でも、ほんとうに存在したんですね、SHCは！」

「な、なんなんだ、そのエスなんとかって……」

「Spontaneous Human Combustion《スポンタニアス・ヒューマン・コンバッション》の略で、日本語では〈人体自然発火現象〉と呼んでいます。読んで字のごとく、人間の体が自然に燃え上がる現象のことです」

「人が自然に燃える？　そんなバカなことが……」

「日本ではあまり知られていませんが、海外ではめずらしいことではありません。十八世紀にはフランスとイタリアでこの現象があったことが記録されていますし、十九世紀にはイギリスの文《ぶん》豪《ごう》ディケンズが『荒涼館《こうりょうかん》』という小説のモチーフにもしています」

それから、迦楼羅はその場面について、喜々として語りはじめた。

「ふたりの若者がクルックという大酒飲みの爺《じい》さんの家を訪《おとず》れるんですが、部屋の中から、ひど

くいやなにおいがします。入ってみると、クルックの姿はありません。その代わりに……」

迦楼羅は記憶《きおく》をたぐりよせるように天井《てんじょう》をあおいだ。

「『室内には息がつまりそうなほどくすぶった煙《けむり》が立ちこめ、四方の壁《かべ》と天井には黒い脂《あぶら》が一面にこびりついている。……あれは黒こげになって折れた、ちいさな丸太の燃えがらが、灰をかぶっているのか、それとも、あれは石炭なのか？　ああ、おぞましい、彼《かれ》がここにいるのだ！』」

「迦楼羅さん、まさか……」

「そうなんですよ！　わたしたちは、その『まさか』を目撃《もくげき》しているんです！」

おれは「まさか小説の一節を暗記しているのか」といおうとしたのだが、迦楼羅は誤解したらしい。

「おもしろいのは、ディケンズは作り話を書いたつもりはなかったってことです。小説の発表後、人が勝手に燃えるはずがないと批判されると、ディケンズは新聞記事になった三十もの実例をあげて、ＳＨＣは事実だと反論しています」

「三十……」

「実際には百件以上は起きていたでしょうね。つい四年まえにもアメリカでＳＨＣがあったことが報告されています。フロリダ州で起きたメアリー・リーサー夫人焼死《しょうし》事件です。しかも、驚《おどろ》くなかれ、そのようすも、いまわたしたちが目にしているものとそっくりなんです」

迦楼羅はこわがるでもなく、黒い灰のこびりついた椅子《いす》に近づいた。

「リーサー夫人は安楽椅子に座《すわ》っていたときに、ＳＨＣに襲《おそ》われました。残ったのは、椅子にこびりついた黒い灰、野球のボールぐらいに縮んだ頭蓋骨《ずがいこつ》、そして履《は》いていたスリッパと足首から下の部分だけでした」

迦楼羅は、ひとつひとつ燃えた井上の遺骸《いがい》の共通部分を指さしていく。

「また、リーサー夫人が座っていた椅子は燃えましたが、まわりのものは焼けずに残っていました。ここも同じです。座面と背もたれのスポンジと布はすっかり燃えていますが、机やその上の紙類はみんな残っています。発火した人体に直接触《ふ》れていたもの以外は燃えないんですよ！」

迦楼羅によれば、十八世紀以来、報告されているＳＨＣには共通した特徴《とくちょう》があるという。
・肉体は燃えつきるが、なぜか足など一部は燃え残る。
・煤《すす》や悪臭《あくしゅう》など高熱が発生した形跡《けいせき》があるのに、人体に触れたもの以外、燃えも焦《こ》げもしない。
・部屋のどこにも火の気がない。
「骨すら残らないまでに人が燃えつきる理由ですが、わたしは人間ろうそく説がいちばん納得《なっとく》のいく説明だと考えています」

「人間がろうそく？」

「ろうそくが燃え続けるのは、炎《ほのお》の熱で溶《と》けたろうが芯《しん》にしみこんで燃料となるからですが、これと同じしくみで、人が燃えるんです」

人間の体には大量の脂肪《しぼう》があるが、一度人体に火がつくと、この脂肪が溶《と》けて、衣服にしみこんで、さらに燃え続けるための燃料となるという。

「この説に基《もと》づくと、不思議な現象の説明がいろいろとつきます。ろうそくの炎《ほのお》の温度はいちばん高いところではおよそ千四百度、しかもゆっくりと燃え続けますから、もし人間がろうそくになれば、骨まで灰になってもおかしくありません。それから……」

迦楼羅は、にこにこしながら、井上の右足が入った黒い革靴《かわぐつ》を手に取った。

「こうして足だけ燃え残るのも、足にはあまり脂肪がふくまれていないこと、そして、火は高いところへとのぼっていくからだと考えられます」

少女と見まがうほどの美少年が、死体の一部を手に、数字や理屈《りくつ》をならべて、想像も超《こ》えた現象を笑顔《えがお》で解説する――どう見ても異常な状況《じょうきょう》だが、きのうからふたりで過ごすうちに慣れてしまったのか、むしろおれは自分でも驚《おどろ》くほど冷静になっていた。

「なるほど、しくみはわかった。だが、迦楼羅さん。火の気がないのになぜ発火する?」

「それなんですけどね!」

迦楼羅は、待ってましたとばかりに、顔をほころばせた。

「諸説紛々《ふんぷん》で定説はないんです。むかしは酒の飲み過ぎが原因だと考えられていたそうです。

ディケンズもその説を採って、クルックを大酒飲みという設定にしました。でも、さすがにこれはないでしょう。一方で、生体電気説というのがあります。人間の体内には微弱《びじゃく》な電流がありますが、精神集中によって一時的に高電圧となり、そこから発火するという説です……」

なんだか話がややこしくなってきた。それがおれの顔にも表れたのだろう。迦楼羅は、はっと口を閉じると、申しわけなさそうに頭をかいた。

「すいません、つい夢中になっちゃって。正直いって、わたしも人間が自然発火する理由はわかりません。でも、この事件では、消えた荷物にカギがあるのではないでしょうか」

「どういうことだ？」

「SHCに襲《おそ》われたふたりはどちらも荷物の関係者です。たぶん船長さんは密輸役で、ヤクザの井上さんは密輸品の受けとり主。だから消された、そう考えられませんか？」

「消されたって、だれに？」

息をのむおれに、迦楼羅はこくっと首をかしげた。

「荷物を横取りした人か、あるいは、荷物に」

「はあ？」

「とにかく、荷物について徹底的《てっていてき》に調べましょう。豪太郎さんの無実はもちろん、命もかかっているはずですから」

「なんでおれの命が……」

「だって、豪太郎さんも荷物の関係者でしょう？　いいんですか、こうなっても？」

迦楼羅が井上の足をおれの鼻先につきつけてきた。

「おい、やめろって……」

思わず顔をそむけたとき、床《ゆか》になにか白くて三角形のものが落ちているのに気づいた。拾いあげると、それは小さな紙きれだった。生焼けの足をかかえた迦楼羅が体を寄せてくる。

「メモの切れはしみたいですね。なにか書いてありますよ」

右から左下へ斜《なな》めにちぎれているせいで、途中《とちゅう》でとぎれてはいるが、アルファベットと数字がえんぴつで走り書きされている。

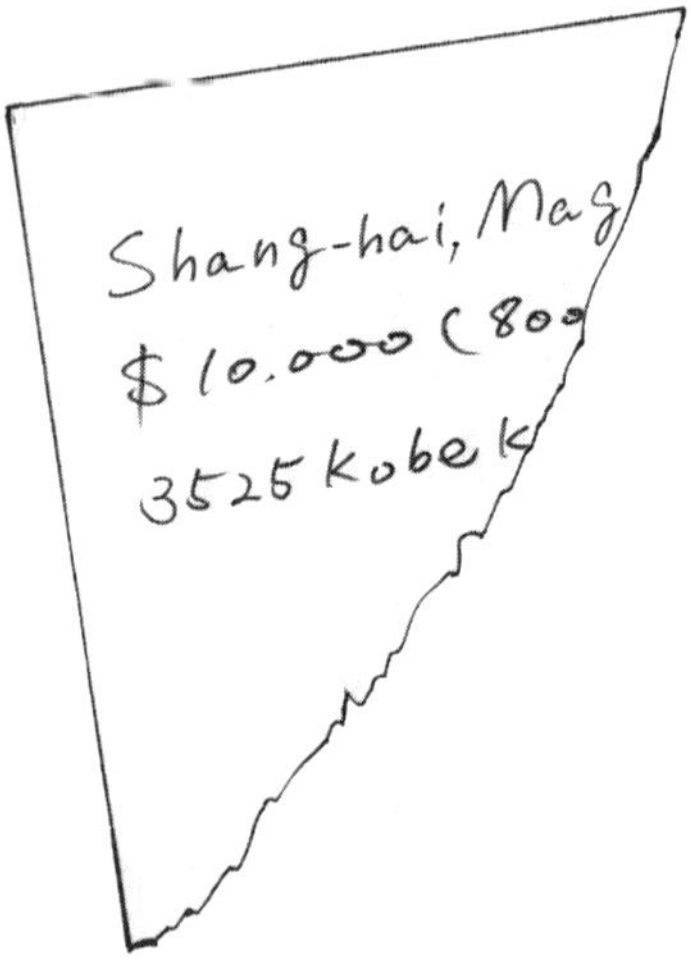

どういう意味だろう。それに、どこから出てきたのか。さっきは気がつかなかったのだが。

「たぶん、この下に隠《かく》れていたんでしょう」

迦楼羅がまた、井上の足をおれの目のまえに掲《かか》げる。

「なあ迦楼羅さん、いいかげん、そいつをもとに……」

ガシャン！

遠くで金属音がした。あれは玄関《げんかん》の扉《とびら》が閉まる音だ。

「ほんまに若頭《わかがしら》はどこに行きよったんやろ」

「もう四日も連絡《れんらく》がつかんなんてなぁ」

若い男の声が二つ、階段を上がってくる。話の内容からして、井上の手下らしい。

迦楼羅とおれは顔を見合わせると、無言で事務所のドアにむかった。

ドアをそっと開け、足音をたてないよう気をつけながら、廊下《ろうか》を階段とは反対方向へ走る。つきあたりに非常階段があることは、事務所に入ったときに確認《かくにん》してあった。

が、おれの予想以上に、階段を上がってくる声は、どんどん大きくなっていく。

「なんとかして見つけんと。組長に怒《おこ》られるんは、わしらやで」

「わかっとるわ！　そやから、焦《あせ》っとるんやないか！」

おれたちが非常口を開けるより、井上の手下たちの姿が現れるほうが早かった。

廊下《ろうか》の灯《あか》りは裸電球《はだかでんきゅう》ひとつだけだから、かなり暗い。それでも目を凝《こ》らせば、非常口のまえで凍《こお》りつくおれたちの姿を見つけることはできただろう。

だが、ふたりはこちらをふりむくこともなく、事務所のドアを開けた。

ふたりの姿がドアのむこうに消える。一秒後。

「あー!」

悲鳴にも似た叫《さけ》び声《ごえ》が聞こえた瞬間《しゅんかん》、おれは非常口のドアを押《お》しあけた。

コンコンコンコン!

迦楼羅の足音がついてくるのを後頭部で確かめながら、非常階段をかけおりる。

ガシャーン!

頭の上で派手な音をたてて、非常ドアが閉まった。井上の手下たちの耳に届いたかもしれない。だとすれば、なおさら急がなければ……。

一階まで下りると、一気に敷地《しきち》の外へ飛びだした。が、そこで足が止まった。

土地勘《とちかん》がないから、右、左、どっちへむかえばいいのかがわからない。

暗い路地を見まわしたところで、息が止まった。

道路の奥《おく》に影《かげ》がひとつ。背が高くて、ひどいいかり肩《がた》。

「……井上?」

だが、なぜここに……。

それじゃあ、あの部屋で死んでいたのは、井上じゃないのか？　しかし、靴《くつ》はたしかに……。

「豪太郎さん。あれ……」

いきなり迦楼羅に肩《かた》をつかまれた。迦楼羅が道路のむかい側を指さしている。そこにも古びたビルがたちならんでいたが、そのすきまから黒い影《かげ》が躍《おど》りでてくるところだった。

が、こちらはひとりではなかった。ふたり、三人、四人……。

人影は次々と道路に飛びだすと、おれたちを取りかこむように広がっていく。街灯の冷たい光の中に浮《う》かびあがったのは、肉体労働者特有の赤黒い顔と屈強《くっきょう》な体つきをした男たちだった。

「なんだ、てめえらは！　おれたちになんの用だ！」

ドスをきかせた声でいいかえしながら、おれの背中に隠《かく》れるよう、迦楼羅に合図をする。

男たちの数が八人になったところで、赤ら顔の男が一歩、まえに歩み出た。

妙《みょう》な殺気のようなものを感じる。ただのカツアゲとは思えない。

「あんたらを通すわけにはいかんのや。ほやからな……」

男がこぶしをにぎりしめた。

「ここで死んでもらう」

4 呪詛《じゅそ》

「だぁーっ！」

赤ら顔の男が、雄叫《おたけ》びをあげながら、おれの顔面めがけてこぶしをくりだしてきた。

「むっ」

すんでのところで、顔をそむけ、パンチをよける。そのまま右のひざを蹴《け》りあげると、蹴りの力と、相手の突進力《とっしんりょく》とが合わさって、おれのひざ頭《がしら》が男の腹にめりこんだ。

「ぐふぅ……」

男はだらしなく口を開くと、そのまま前のめりにくずおれていく。

「てめぇ！　なめたまねしやがって！」

うしろからバットをふりかぶった男が現れた。あわてず相手の懐《ふところ》にもぐりこみ、あごへこぶしをつきあげる。男がもんどりうって背中から倒《たお》れるのを見ながら、うしろに声をかけた。

「迦楼羅《かるら》さん、おれの背中から離《はな》れるなよ！」

「はいっ。あ、でも、わたしも呪《しゅ》をかけてみます。たぶんひとりぐらいはなんとか……」

三人目は山のような体をしていた。しかも、なぐりかかるのではなく、丸太のような腕《うで》でおれをつかまえようとしている。腕力《わんりょく》では相手が上だろう。つかまるとやっかいなことになる……。

相手の指がおれの腕に触《ふ》れたタイミングで、前蹴《まえげ》りで相手の股間《こかん》をねらった。

「ぎゃっ……」

おれの腕をつかんだ手から、力がぬけ、巨体《きょたい》がひざからくずおれた。

「アンタリヲン、ソクメツソク、ビラリヤビラリ、ソクメツメイ……」

背中から迦楼羅が唱える呪文《じゅもん》が聞こえた。あんなものが役に立つとは思えないが、なにかせずにはいられないのだろうし、気持ちはありがたいから、ほうっておく。

そんなことより、この男たちはいったい何者なんだ！

どすっ！

四人目の胸に正拳突《せいけんづ》きを決めながら、おれは頭をめぐらせた。

亀城会《きじょうかい》の者だろうか。事務所に入った手下が、非常階段をかけおりたおれたちを井上《いのうえ》殺しの犯人だと考えて、近くにいた組員を助《すけ》っ人《と》に呼んだとか……。

バキッ！　ずこん！

五人目をひじうちで、六人目をまわし蹴りで倒《たお》す。

「ザンザンキメイ、ザンキセイ、ザンダリヒヲン、シカンシキジン……」

……いや。さっきの人影《ひとかげ》はまぎれもなく井上だった。井上は死んでない。とすれば、船長殺しの濡《ぬ》れ衣《ぎぬ》を着せそこなったおれを、井上が始末しろと手下に命じたのか。

だが、それでは、さっき階段を上がってきた手下たちのいってたことが腑《ふ》に落ちない……。

「この野郎《やろう》!」

七人目が横から飛びかかってきた。おれの不意をついたつもりらしいが、明らかに腰《こし》がひけている。おれは男の顔を両手でつかむと、眉間《みけん》に頭突《ずつ》きをくらわした。

「アタラウン、ヲンゼソ、ザンザンビラリ、アウン……」

呪文《じゅもん》に合わせるかのように男がよろよろとあとずさっていく。

そこで、男たちがみな、ひどく酒くさいことに気づいた。

では、井上の組の者じゃなくて、むこうの飲み屋街で飲んでいた連中なのか? だとしたら、なぜおれをねらう? 考えれば考えるほど、男たちの正体がわからない……。

「図にのるのも、ええかげんにせえよ」

低い声がした。顔をあげたとたん、胃がきゅっと縮んだ。

八人目の男は日本刀をにぎっていた。それも刃長《はちょう》が二尺六寸はあろうかという太刀《たち》だ。

こんなものを持ってるということは、やはり極道《ごくどう》だったか。

そうとわかっていれば、おれも山谷袋《さんやぶくろ》からドスを出しておいたものを……。が、いまさら悔《く》やんでもしかたがない。とりあえず、ひと太刀目《たちめ》をかわし、それから、足をかけて倒《たお》すか、あるいはこぶしでひと突《つ》き……。

「ゼツメイ、ソクゼツ、ウン、ザンザンダリ……」

いや、それはだめだ。おれが太刀をかわせば、背後の迦楼羅が斬《き》られる。

「死ねや！」

男が太刀をふりあげた。青い月にきらめいた刃紋《はもん》が、刀身に光のさざ波をたてる。

もはやなにをするにも遅《おそ》すぎた。おとなしく斬られ、そのすきに迦楼羅を逃《に》がすしかない……。

「迦楼羅さん、逃げろ！」

「ザンダリハン！」

「うっ……」

男が刀をふりあげたまま固まっていた。白目をむき、口をだらりと開けている。

カラン。

乾《かわ》いた音をたてて太刀が落ち、男の体がこんにゃくみたいにへたりこんだ。

「やりました！」

背中から迦楼羅が飛びだしてきた。

「やりました？」

「いまのは遠当法《とおあてほう》といって人を気絶させる呪《しゅ》です。むかし、父が宮地神仙道《みやじしんせんどう》のえらいお坊《ぼう》さんから習ったのを、呪文《じゅもん》だけおぼえていたのです。使うのは初めてでしたが効いてよかったです！」

バカな。あんな呪文で男が倒《たお》れるわけがない。

そういいたいところだが、おれの首はちゃんとつながっている。

「さあ、いまのうちに逃《に》げましょう！」

迦楼羅に手をつかまれたとき、背中に視線を感じた。

路地の奥《おく》に、あの人影《ひとかげ》がまだ立っていた。

井上とおぼしき影は、さっきと寸分たがわぬ立ち姿で、見えない顔でこっちを見つめている。

が、くるりと背をむけたかと思うと、その姿はすうっと小さくなり、そのまま闇《やみ》に溶《と》けた。

まるで影絵を見ているかのようだった。

★

「こっちです！」

迦楼羅はおれの手をにぎったまま走り続けていた。

「足もと、気をつけてください。線路をわたります！」

正面に照明に浮《う》かびあがる城が見えた。天守閣が見下ろす夜の街を、迦楼羅はためらいもせず、右へ左へと角を曲がっては路地をぬけていく。

「迦楼羅さん、あんた、土地勘《とちかん》があるのか？」

「はい！　絶対に安全な場所があります！」

そんなところ、あるはずがない。いまのおれは警察だけではなく、地元のヤクザからもねらわれる身になったのだから。

「だいじょうぶですよ、はっ、はっ……」

息を切らせながらも、迦楼羅の声には自信が満ちていた。

「この街には、わたしが心から信頼《しんらい》できる、はっ、お坊《ぼう》さんがいるんです……」

お坊さん？　では、どこかの寺にむかっているのか？

ところが三十分後、迦楼羅が足を止めたのは、小さな平屋の家だった。右どなりも左どなりも、路地の反対側もみな同じように、軒《のき》の低い家が連なっている。

「迦楼羅さん、寺なんかどこにも……」

「ここですよ。ほら、表札に『隆昇寺《りゅうしょうじ》』って書いてあるでしょう？」

迦楼羅は息を整えながらそういうと、がらりと引き戸を開ける。

——え？　玄関《げんかん》に仏壇《ぶつだん》？

すぐにそうではないとわかった。玄関の幅《はば》いっぱいにしつらえられた黒い祭壇は、仏壇にしては大きすぎるし、ふんだんにほどこされた金の飾《かざ》りも仰々《ぎょうぎょう》しい。なにより、仏壇にあるべき位《い》牌《はい》がない。その代わりに立派な仏像が鎮座《ちんざ》していた。

「隆昇寺のご本尊、大日如来《だいにちにょらい》です」

おれの視線に気づいた迦楼羅はそういうと、奥《おく》にむかって声をはりあげた。

「修円《しゅうえん》さん！　修円さん！」

「……はいはい、どちらさんで。あっ、迦楼羅さん！」

出てきたのは作務衣《さむえ》姿《すがた》の若い男だった。おれたちよりは年上だろうが、それでもまだ二十代前半といったところだろう。五分刈《ごぶが》りの髪《かみ》に丸い顔、筆で書いたような細い目は、いかにもやさしそうなお坊《ぼう》さんといった感じだが、瞳《ひとみ》には鋭《するど》い光が宿っている。

「ああ、やっぱりおいでなさったか。とにかく早くおあがりなさい」

——やっぱり？　まさか、おれたちが来ることがわかっていたとでもいうのか……。

目をまるくするおれに、迦楼羅は、どうだというような笑《え》みをむけると、自分の家のように、ずかずかとあがっていく。

玄関《げんかん》の横はすぐ四畳半《よじょうはん》の茶の間だった。その奥《おく》の部屋には、タンスがひとつとふとんが一組。玄関のほかに、寺を思わせるものはなにもない。

「さぞかし難儀《なんぎ》なめにあったんやろうな？　まあ、楽にして。いま、お茶をいれるから」

ちゃぶ台を指さしてから、修円は台所に立った。それから、黒ずんだやかんにじょぼじょぼと水を入れながら、半身になって、遍路姿《へんろすがた》のおれたちをふりかえる。

「それで、そちらさんは……」

「あ、おれは……」

「麻倉豪太郎《あさくらごうたろう》さんといって、横浜《よこはま》から流れてきた一本どっこのヤクザさんです。いま、警察に殺人犯として追われています！」

「お、おい、迦楼羅さん……」

「そして、わたしの命の恩人です！　日本刀で襲《おそ》われたところを、自分の命とひきかえにわたしを守ろうとしてくれたんですよ。そもそも知り合ったきっかけというのが……」

あっけにとられるおれをよそに、迦楼羅はまくしたて続けた。

修行中《しゅぎょうちゅう》におれが結界《けっかい》へころがりこんできたこと、殺人犯といっても冤罪《えんざい》であること、さっき人体自然発火現象のあとを目撃《もくげき》し、その直後、ヤクザ者の一団に殺されかけたこと……。

まともな人間なら頭が混乱するような話だが、修円は首をかしげるわけでもなく、それどころか、ときおりうなずきながら、急須《きゅうす》に茶葉を入れたり、やかんの湯をそそいだりしている。

「それにしても、さすがは修円さんです！　わたしが来ること、ちゃんと見えていたなんて！」

声をはずませる迦楼羅のまえに、修円が湯飲みをのせた盆《ぼん》を持って腰《こし》をおろした。

「予見したというか、ちょっと不穏《ふおん》な話を耳にしたもんでな……」

迦楼羅がちゃぶ台におおいかぶさらんばかりに身を乗りだした。

「じゃあなにか起きてるんですか？　やっぱりなぁ！　そうでなきゃ、ＳＨＣが立て続けに二件も起こるなんて考えられませんから。それで、いったいなにがあったんです？」

「そのまえに……」

修円はおれたちに湯飲みをくばると、迦楼羅をじっと見すえた。

「麻倉さんに、摩睺羅《まごら》さんのこと、話しておきたいんやが」

迦楼羅の笑《え》みが凍《こお》りついた。

「わたしの父？　あの、不穏な話というのは、父となにか関係が……？」

が、修円はそれには答えず、

「少し立ち入った話もせにゃならんが、麻倉さんが命の恩人だというなら、かまわんやろ？」

迦楼羅は一瞬《いっしゅん》、目を大きく見開いたが、すぐに細いあごを動かした。

「はい、もちろんです」

★

麻倉さんは、こんなちっぽけな家が寺かと驚《おどろ》かれたと思いますが、まずはそのことから説明しておきましょう。でないと、先の話がちんぷんかんぷんになりますから。

ふつう『寺』というと、地元の檀家《だんか》のために葬式《そうしき》や法事でお経《きょう》をあげたりするものですが、それは『回向寺《えこうでら》』と呼ばれるもので、そのほかに、人それぞれの現世利益《げんせりやく》のために、お坊《ぼう》さんが霊力《れいりょく》を使って拝んであげる『祈禱寺《きとうでら》』というのがあります。

この隆昇寺も、迦楼羅さんの東海寺《とうかいじ》も、その祈禱寺の部類に入るのですが、これは結果がすべての実力勝負の世界なんです。

現世利益とは、商売繁盛《はんじょう》とか、病気を治すとか、悪運を断《た》ち切《き》るとか、そういうことですからね。たいせつなのは結果。お堂はもちろん、ある意味、仏教である必要さえありません。密教の秘術に陰陽道《おんみょうどう》、修験道《しゅげんどう》や神仙道《しんせんどう》など、あらゆる呪術《じゅじゅつ》を使って期待に応えるのです。

そのぶん、ご利益があるとわかれば、どんな遠くからでも信者さんは集まってくるし、なければ、さっさとほかへ移ってしまう。

ですから、二年まえの昭和二十八年冬、先代の修好《しゅうこう》が五十歳《さい》にもならない若さで病死したときには、この寺は存亡の危機に陥《おちい》りました。わたしはまだ二十二歳《さい》の若造。父に代わって寺をつげる状態ではありませんでしたから。

そんなとき、天の恵《めぐ》みとでもいうのか、父の親友の摩睺羅《まごら》さんが助けにきてくれたんです。

摩睺羅さんは、戦時中は中国へ出征《しゅっせい》していましてね。わけは話してはくれませんでしたが、終戦後も八年あまり中国本土をさまよって、ようやく帰国されたところでした。

東京の東海寺も空襲《くうしゅう》で焼け落ちたままでしたからね、すぐにでもたてなおしたかったはずですが、

『わたしが不在のあいだ、東海寺の信者さんたちのめんどうをみてくれた恩返しだよ』

と、うちの信者さんにご利益《りやく》を与《あた》えてくれたんです。そのうえ、わたしの修行《しゅぎょう》まで助けてくれて。こうして隆昇寺が健在なのも、すべて摩睺羅さんのおかげというわけです。

そんな摩睺羅さんが、一年半まえの五月、とつぜん、行方知《ゆくえし》れずになってしまいました。

……ええ、ここからが本題です。

行方知れずのきっかけは、うちの信者さんのひとりで、岡山《おかやま》のとある家具店の社長から受けたある相談でした。

『最近、夜になると胸が苦しくてたまらない。病院ではどこにも異常はないといわれたのだが、夜ごと苦しさは増すばかり。悪霊《あくりょう》にでも取《と》り憑《つ》かれたんだろうか』

さっそく摩睺羅《まごら》さんが拝んでみると、原因は呪詛《じゅそ》だとわかりました。

呪詛とは、読んで字のごとく、相手に呪《のろ》いをかけて苦しめることです。

動機はいろいろです。金の恨《うら》み、恋《こい》の恨み、出世競争に勝ちたいなんていうのもあります。

そのときは、家具店の繁盛《はんじょう》をねたんだ同業者による呪い、ということでした。

こういうときは呪詛返しといって、呪いを返すことで相手をこらしめます。

『修円さんにも手伝ってもらおうかな。実地の勉強になるだろうし』

まず摩睺羅さんがわたしに見せてくれたのは、『身固《みがた》め』の儀式《ぎしき》でした。

これは呪われた者を抱《だ》きかかえて呪いから守るというものですが、呪いにわが身をさらすことで、相手の呪詛の方法を知るという意味もあります。わら人形を使っているのか、式神《しきがみ》を飛ばしているのか、そばに呪物《じゅぶつ》をかくしているのか、方法がわかれば、対処もできるわけです。

ところが、摩睺羅さんとわたしのまえに現れたのは白蛇《しろへび》、それも長さは優に三メートル以上、太さにいたっては相撲《すもう》とりの二《に》の腕《うで》ほどもある大蛇《だいじゃ》でした！

『なんと、藤憑《とうびょう》を遣《つか》わしていたとは……』

藤憑は蛇神《へびがみ》の一種ですが、人に取《と》り憑《つ》いて苦しめる『祟《たた》り神《がみ》』。どうもうで気位が高く、飼い主にさえ牙《きば》をむくので、相当な霊力《れいりょく》を持つ藤憑遣いにしか扱《あつか》えないといわれています。

『藤憑遣いへの呪詛返しは危険なものになる。やっぱり修円さんは帰りなさい』

というわけで、ここから先は、二日後、ここへもどってきた摩睺羅《まごら》さんから聞いた話です。

まず、その日は呪詛返《じゅそがえ》しはせず、蛇《へび》の尾《お》に長い糸を通した針をさすだけにとどめたそうです。

明け方、白蛇は飼い主のもとへ帰りますから、糸を追っていこうというわけです。

糸をたどっていくとお堂に出ました。ここから五百メートルほどの小さなお堂です。

『思ったとおり、中に藤憑遣《とうびょうつか》いがいたよ。わしのよく知ってるやつでな、業摩法師《ごうまほうし》という、呪《のろ》い専門の拝み屋だ』

そのあと、なにがあったのかは、わかりません。家具店の社長さんは元気になったそうですから、呪詛返しには成功したのでしょう。ただ、どんな術を使ったのか、業摩法師とはどういう知り合いなのか、呪いをめぐって対決になったのは偶然《ぐうぜん》なのか、それともなにか因縁《いんねん》でもあったのか、いろいろ聞きましたが、いっさい答えてはくれませんでした。

話してくれたのは、ただひとこと。

『藤憑遣いは二度と現れまい』

翌日、わたしが目覚めると、このちゃぶ台に書き置きが一枚残されていました。

〈しばらく旅に出る〉

それ以来、摩睺羅さんの消息はぷっつりととぎれてしまいました。

どこへ行ったのか、生きているのかどうかさえ、だれにも、わからないのです。

5 梵字《ぼんじ》

「というわけで、息子《むすこ》の迦楼羅《かるら》さんは、東海寺《とうかいじ》を再興すべく、高校をやめて諸国をめぐる修行《しゅぎょう》の旅へ、一方、そのあいだ、わたしが東海寺の信者さんをお預かりしているのです」

語り終えた修円《しゅうえん》は、細い目をおれにむけながら、茶をすすった。

「……なるほど。事情はよくわかりました。それで……」

「父が勝ったと思います」

いきなり迦楼羅がわりこんできた。

「え？」

「父は蛇神《へびがみ》のあつかいかたにはくわしかったはずですから」

そこで初めて、迦楼羅が勝負の行方《ゆくえ》について話していることに気がついた。おれは不穏《ふおん》な話とはなにかを聞こうとしていたのだが、迦楼羅の口は止まらない。

「そのことは父の名前にも表れています。摩睺羅《まごら》とは蛇の首と人間の身体《からだ》を持つ仏神《ぶつじん》の名です。

事実、京都《きょうと》の三十三間堂《さんじゅうさんげんどう》にある摩睺羅王《まごらおう》の像は、五つの眼《め》を持ち頭に蛇《へび》を巻きつけています。ですから、藤憑遣《とうびょうつか》いに打ち勝つ方法も知っていたに決まっていますっ！」

迦楼羅にとって摩睺羅《まごら》は父であり、尊敬する師でもあるのだろうから、つい熱くなる気持ちはわかるが、いったいいつまで、呪《のろ》いだの蛇神《へびがみ》だのの話ばかり聞かされるのか……。

が、おれの期待に応えたのは、そして迦楼羅の思いに冷や水を浴びせたのは、修円だった。

「ところがな、迦楼羅さん。藤憑遣いがまた現れたようなんや」

「そんな！　それじゃあ、修円さんは父の言葉がうそだったとでもいうんですか！」

白桃《はくとう》のようなほおが紅に染まり、切れ長の目がつりあがっていた。ふるえる薄紅色《うすべにいろ》の唇《くちびる》のあいだからは、とがった犬歯が顔をのぞかせている。

見たこともないほど美しい怒《いか》りに、おれは言葉を失った。

「そうはいっとらん。まあ、落ちついて、お聞きんさい」

それはほんの三日まえのこと。隆昇寺《りゅうしょうじ》の信者と世間話をしていたとき、最近やってきた、若い流れ者の拝み屋のことが話題にのぼったのだという。

「そいつは『自分は呪い専門の白蛇遣いだ。呪いたいやつがいれば格安でひきうける』と、触《ふ》れ歩《ある》いているそうなんやが、なんと東海寺迦楼羅と名乗っているというんや」

「なんですって！」

息をのむ迦楼羅に、修円は声を押《お》し出《だ》すようにして続けた。

「それだけやない。『近々、呪《のろ》い殺《ごろ》しの実例を見せるから、新聞に注意していろ』、そういいのこしていくんだそうや。そんなところへ、けさ、こんな記事が出た」

修円がちゃぶ台の下から新聞をひっぱりだした。地元紙の三面に、赤えんぴつでかこった小さな記事があった。

〈詫間港《たくまこう》で不可思議な焼死体《しょうしたい》〉

「そ、それじゃあ、これは迦楼羅を名乗る男が、自分の力を見せつけるためにやったと？」

あっけにとられるおれに、修円はこくっと首をかしげた。

「記事には、死体はあとかたもなく燃えつきているのに足首から下だけは焦《こ》げもせず焼け残っていたと、はっきり書いてあります。あらかじめ『呪い殺しの実例を見せる』といわれとった者は、これがそのことやと考えるでしょうね。ただ、わしが思うに、これは……」

いいよどむ修円を引きつぐように、迦楼羅が声をあげた。

「わたしへの復讐《ふくしゅう》。そう考えているのでしょう？」

迦楼羅の顔から怒《いか》りの色が消えて、代わりに冷たい無表情がはりついている。

「だから、豪太郎《ごうたろう》さんに、拝み屋の世界やわたしの父の話をしたんでしょう？」

「え？　いったいどういうことだ？」

ぽかんとするおれに、修円が答えた。

「その若い男は業摩法師《ごうまほうし》に近い者、年のころから考えれば、たとえば息子《むすこ》かもしれない、ということですよ。確信は持てんが、それなら迦楼羅を名乗る理由がわかります」

「業摩は父に倒《たお》された。が、父の行方《ゆくえ》はわからない。それでわたしに復讐《ふくしゅう》することにした。わたしの居場所をつきとめると、東海寺迦楼羅の名をいいふらしてから、人体自然発火現象を起こす。そうやって、わたしの名を貶《おとし》めたうえで殺す……」

「そうや。ヤクザ者たちに襲《おそ》われたそうやが、ねらいは麻倉《あさくら》さんではなくて、実は迦楼羅さんだったんやないか？　それなら、世間的には、流れ者の拝み屋がヤクザ者の争いにまきこまれて、命を落としたことになるからな」

「おいおい、ちょっと待ってくれよ！」

おれは、あわてて、ふたりのあいだに割って入った。

「あのな、人体自然発火現象とやらが最初に起きたとき、おれと迦楼羅さんはなんの関係もなかったんだ。井上《いのうえ》の事務所に行けたのも、おれが組の事務所を知っていたからだろ」

それに二つの事件現場近くにいた男。あれはおそらく井上だ。理由はわからないが、井上はおれを殺人犯にしたいらしい。だから、警察に通報し、おれが警察の網《あみ》から逃《のが》れると、こんどは井上の事務所の外でおれを襲わせたんだ。そうに決まってる。つまり……。

「どう考えても、ねらわれたのはおれで、迦楼羅さんはまきこまれただけだ」

「そうともいえません」

迦楼羅はあっさりと否定した。

「最初のSHCを豪太郎さんのまえで起こしたのは、わたしを油断させるためかもしれません。そのあと、豪太郎さんを追いこんでわたしに近づける。わたしたちのような者は、心霊現象《しんれいげんしょう》と聞けばすぐに飛びつく。わたしは、まんまとわなにはまったというわけです」

「つまり、おれは、迦楼羅さんに近づくようにあやつられていたっていうのか？」

「驚《おどろ》くことではありません。わたしたちの霊力《れいりょく》には、他人の命や運命を左右するだけの力がありますから」

「だったら聞くけどな！」

自分でもムキになっているとは思った。が、警察の〈おたずね者〉にまでされて、じつは見ず知らずのやつに利用されていただけだったなど、極道《ごくどう》のメンツにかけても認めたくはない。

「その若い男は、いったいどうやって人を勝手に燃え上がらせた？　迦楼羅さん、あんた、いったよな。人間が自然発火する理由はわからないって。なのに、いつのまにか、そいつが自然発火させたことになってるじゃねぇか。おかしいだろ、ええ？　おれがあやつられたとかいうまえに、人体自然発火現象とやらについて、はっきりさせろってんだ！」

――いけね、思わずヤクザのしゃべり方が出ちまった……。

ところが、迦楼羅から返ってきたのは、はずむような声だった。

「ああ、やっぱり豪太郎さんです！　そうですよ！　ほんとにそのとおりです！」

冷たい無表情はうそのように消えて、初めて会ったときと同じ、きらめくような瞳《ひとみ》でおれを見つめている。それからすっと立ちあがると、修円を見下ろした。

「修円さん、業摩《ごうま》が隠《かく》れていたというお堂はこの近くだとおっしゃいましたね。案内していただけませんか？」

「かまわんが、なぜ？」

「わたしの名前をかたる男が業摩の息子《むすこ》なら、父親が使ったお堂をねぐらにしている可能性が高いはず。こっちからのりこんで、ＳＨＣに関わっているのかどうか、直接確かめたいんです」

「しかし、今日はもう遅《おそ》いし、なにより危険やないのか？」

修円が見上げた柱時計は九時をまわっていた。

「危険な日にはもうあいました。それに……」

遍路姿《へんろすがた》の迦楼羅がもう玄関《げんかん》で靴《くつ》を履《は》いている。

「豪太郎さんがいるから、安心です！」

★

十分後、おれたちは、雑草に埋《う》もれた小さなお堂のまえに立っていた。

まわりに人家はあるものの、みな、ぴしゃりと雨戸を閉じている。闇《やみ》の中、懐中電灯《かいちゅうでんとう》に照らされたお堂は、亡霊《ぼうれい》のように浮《う》かびあがっていた。

「業摩《ごうま》の息子《むすこ》、いるでしょうか？」

勇んで歩きだそうとする迦楼羅の腕《うで》を、おれはつかんだ。

「おれが確かめる。はち合わせすれば、闘《たたか》いになるかもしれん。そっちはおれの専門だ」

修円から懐中電灯をもらうと、おれはひとり、お堂に近づいた。

前日に迦楼羅と休んだところほどひどくはないが、あばら屋であることは同じ。壁《かべ》に耳を押《お》しつけただけで、薄《うす》い板がゆがむのがわかる。中に人がいれば、身じろぎしただけでも床板《ゆかいた》がきしんだりするだろう。が、いくら耳をすませても物音ひとつ聞こえてこない。

「だれもいないようだ。入るぞ」

迦楼羅たちに声をかけると、おれは引き戸を開けにかかった。建物がゆがんでいるのか、ガタピシいうたびに、お堂全体がゆれる。

ようやく開いた戸口から、懐中電灯《かいちゅうでんとう》で中を照らすと、ほこりで光が帯になった。

「うっぷ……。こりゃ、ひでえ……」

が、おれのすぐうしろで、迦楼羅は思いがけない言葉を口にした。

「きれいですねぇ。思ったとおりです」

「きれいだと？　どこが？　このほこりを見ろよ」

「なのに床《ゆか》にはちりひとつありません。最近、だれかがそうじをしたんです」

迦楼羅はおれから懐中電灯を受けとると、壁《かべ》と床の継《つ》ぎ目《め》を照らした。

「ほら、すみずみまでピカピカです。ほうきで掃《は》いただけじゃなく、ふき掃除《そうじ》までしてますね。お堂全体を結界《けっかい》にするために清めたんでしょう」

「結界？　それじゃあ、やっぱり、ここに業摩《ごうま》の息子《むすこ》が？」

「ええ。業摩が父に勝負を挑《いど》んだように、ここで、わたしへの復讐《ふくしゅう》の準備をしていたんです」

業摩法師と同じようにと聞いた瞬間《しゅんかん》、おれは藤憑《とうびょう》のことを思いだした。

一年半まえ、ここには白蛇《しろへび》がいたのだ。相撲《すもう》とりの二《に》の腕《うで》ほどの太さがある大蛇《だいじゃ》が。

そういえば、息子も白蛇遣《しろへびつか》いだといっているらしい。まさか……。

「豪太郎さんは蛇は苦手ですか」

迦楼羅の声がころころとはずんでいる。

「え？　い、いや、別に蛇《へび》ぐらい……」

「だいじょうぶです。藤憑《とうびょう》がいないことは、ここに入るとき、まっさきに確かめましたから。あ、でも、床下《ゆかした》はわかりませんね」

ふくみ笑いをしながら、迦楼羅が懐中電灯《かいちゅうでんとう》を床にむけたときだった。

「ああっ！」

「なにっ、蛇か！」

だが、光の輪の中にあったのは、床板に書かれた不思議な印《しるし》だった。

よほど濃《こ》い墨《すみ》で書いたのか、やけに黒々としている。

「なんだこれ？　文字か？　それともなにかの紋章《もんしょう》のようにも見えるが……」

「たしかに文字でもあり、ある意味、紋章でもあります」

迦楼羅は、床板にじっと目を落としたまま、つぶやいた。

「これは梵字《ぼんじ》です」

「ボンジ？　なんだそりゃ？」

「うーん」

「おい、迦楼羅さん、うなってないで、教えてくれ」

「麻倉さん、迦楼羅さんはうなっているわけじゃありません」

修円が、横から顔をつきだした。

「この梵字《ぼんじ》の読みを教えてくれたんです。これで『ウーン』と発音するんですよ」

梵字とはインドのサンスクリット語の文字のこと。仏教の世界では、別名「種字《しゅじ》」ともいって、それぞれの文字がいろいろな仏を表すという。

「種字はまた、それ自体が真言《しんごん》、つまり霊力《れいりょく》のある呪文《じゅもん》にもなるので、護符《ごふ》にもよく書かれます。おそらく業摩《ごうま》の息子《むすこ》は、『ウーン』の表す仏の霊力を使うべく、これを書いたのでしょう」

修円はひとしきり説明すると、迦楼羅をふりかえった。

「しかし、迦楼羅さん、どの仏さんやろ？　この種字の表す仏さんはいろいろやで。愛染明王《あいぜんみょうおう》、金剛夜叉明王《こんごうやしゃみょうおう》、軍荼利明王《ぐんだりみょうおう》、烏枢沙摩明王《うすさまみょうおう》……」

「烏枢沙摩明王です」

即答《そくとう》した迦楼羅に修円が目を見はる。

「いったいどうしてわかるんや……」

「この種字は墨《すみ》で書かれているのではなく、焼きつけられているからです」

修円とおれは、あわててひざまずくと、床《ゆか》に顔を近づけてみた。なるほど、文字の縁《ふち》が茶色く焦《こ》げている。どうやら、熱した鉄のコテかなにかを床に押《お》しつけて刻印《こくいん》したものらしい。

「こんなことをしたのは、烏枢沙摩明王《うすさまみょうおう》が〈火の仏〉だからでしょう」

懐中電灯《かいちゅうでんとう》を『ウーン』の梵字《ぼんじ》にむけたまま、暗闇《くらやみ》の中で迦楼羅は語りはじめた。

「世間には烏枢沙摩明王を便所の神のようにいう人がいますが、それは、便所が異界の出入り口で、そこから現れる悪霊《あくりょう》や死霊《しりょう》を炎《ほのお》で清めると考えられたからにすぎません。本来は、あらゆる不浄《ふじょう》を烈火《れっか》で焼きつくす、戦う仏。実際、どの仏像を見ても、髪《かみ》は炎で逆立ち、光背《こうはい》すらも燃えさかる中、憤怒《ふんぬ》の表情でにらみつけています」

説明を聞いているうち、おれは迦楼羅のいわんとするところが、わかったような気がした。

「つまり、業摩《ごうま》の息子《むすこ》は、そのウスなんとかってやつの力を使って、人体自然発火現象を起こした、そういうことか？」

闇《やみ》の中で、こくりとうなずく気配がした。

「烏枢沙摩明王はインドのヒンズー教の火の神『アグニ』がもとだといわれています。そして、『アグニ』という言葉は、英語の〈ignite《イグナイト》――火をつける〉の語源ともいわれてるんです」

「へぇっ。迦楼羅さん、あんた、えらいものしりやなぁ」

修円が感心したようになると、暗闇から照れたような声が返ってきた。

「高校をやめるとき最後の授業が英語で、たまたまそのときに習ったんですよ」

「でも、仏が意味もなく人を焼いていいのか？」

おれの問いに、迦楼羅の声にまた緊張《きんちょう》の色がもどる。

「善と悪。清浄《せいじょう》と不浄《ふじょう》。すべては陰陽表裏一体《いんようひょうりいったい》です。藤憑《とうびょう》で呪《のろ》いをかけた業摩《ごうま》は、わたしたちには悪でも、その業摩を倒《たお》された息子《むすこ》にとってはわたしたちが悪となります」

「だったら、なぜ直接、迦楼羅さんを焼かない？　漁船の船長や井上は関係ないだろ」

「さっきもいったように、わたしを貶《おとし》めるためです。でも、試《ため》したのかもしれません」

「試した？　なにを？」

「荷物に、人に火をつける力があるのかどうかを」

荷物……。そういえば、井上の焼死体《しょうしたい》を見たとき、迦楼羅はいっていた。船長や井上は、荷物を横取りした人物か、あるいは荷物に消されたのかもしれない、と。

「中国には仏教やヒンズー教に関わる秘仏や秘宝が山ほどあるはずです。その中に、烏枢沙摩《うすさま》明王《みょうおう》かアグニの霊力《れいりょく》を持つ品物があってもおかしくはありません。それが密輸されたのだとしたら？　業摩の息子が密輸の主なのか、密輸を知って横取りをしたのかはともかく、関わったふたりを、口封《くちふう》じと霊力試《れいりょくだめ》しを兼《か》ねて燃やしたとしたら？」

「だとしたら、これはどういうことになるんだ？」

おれは山谷袋《さんやぶくろ》から札束を取りだした。焼死《しょうし》した船長の足もとに残っていた二千ドルだ。

「業摩《ごうま》の息子《むすこ》が金持ちかどうかは、この際おいといてだ。新車一台分もの大金をドルで、それも軍票じゃなく、本物のグリーンマネーで手に入れられるツテがあるとは思えない」

「……ああ、そうかぁ。いわれてみればそうですね。うーん……」

「いや、別に迦楼羅さんの推理がまちがってるっていってるんじゃない。いまの話で、いろんなことがつながってきたような気がするんだ。二千ドルも、それに、こいつについても」

おれは、また山谷袋に手を入れると、井上の足もとにあったメモの切れはしをつまみだした。

「じつは『アグニ』って言葉を聞いてから、ひっかかってたことがあるんだよ。いま、やっと思いだした」

迦楼羅が、懐中電灯《かいちゅうでんとう》をおれの顔にむけた。

「それはいったいなんなんですか！」

まぶしさにのけぞりながら、おれはいった。

「童話だよ。芥川龍之介《あくたがわりゅうのすけ》が書いた『アグニの神《かみ》』っていう童話さ」

6

芥川龍之介《あくたがわりゅうのすけ》『アグニの神《かみ》』

「芥川龍之介？　あの小説家の？」

目をまるくする迦楼羅《かるら》に、おれはうなずいた。

「童話も書いてるんだよ。『杜子春《とししゅん》』って話、読んだことないか？　『アグニの神』も『杜子春』と同じ、「赤《あか》い鳥《とり》」っていう有名な童話雑誌に発表されたものだ」

「へぇっ！　ヤクザさんなのに、妙《みょう》なことにくわしいんですね！　なんだか新鮮《しんせん》です！」

迦楼羅が、妙にうれしそうな声をあげるので、おれはなんだかむっときた。

「別に読みたくて読んだんじゃねぇ。紫苑《しおん》って金持ちの娘《むすめ》のボディーガードをしてたって、話したろ？　そいつの部屋に童話の本がいろいろあったんだよ。娘が学校行ってるあいだはやることねぇし、それでひまつぶしに……。って、そんなことより話の中身だよ、中身！」

舞台《ぶたい》は中国の上海《シャンハイ》。物語は薄暗《うすぐら》い家の二階で、人相の悪いインド人の婆《ばあ》さんと、商人らしいアメリカ人が話をしているところから始まる。

婆《ばあ》さんは占《うらな》い師《し》で、アメリカ人は占いをたのみにきたのだが、婆さんは、占いはもうやっていないと断る。するとアメリカ人は三百ドルの小切手を出してこういう。

『差当りこれだけ取って置くさ。もしお婆さんの占ひが当れば、その時は別に御礼《おれい》をするから、――』

そのとたん、婆さんの態度がころっと変わる。

『私の占ひは五十年来、一度も外れたことはないのですよ。何しろ私のはアグニの神が、御自身《ごじしん》御《お》告《つ》げをなさるのですからね。』

迦楼羅の目が、みるみる大きくなった。

「豪太郎《ごうたろう》さん！　そ、それじゃあ、そのメモにあったのは……」

興奮で迦楼羅が言葉につまったすきに、修円《しゅうえん》が口をはさんできた。

「なんなんです、そのメモというのは？」

おれはメモの切れはしに、懐中電灯《かいちゅうでんとう》の光を当てた。

「〈Shang-hai〉？　あ、これ〈上海〉ってことやね」

「そう。それで『アグニの神』とこのメモがつながったような気がしたんですよ。ほかにも、童話ではインド人の婆《ばあ》さんがアグニの神の力で占《うらな》うといってるのに対して、この床《ゆか》にはアグニから生まれた烏枢沙摩明王《うすさまみょうおう》の梵字《ぼんじ》がある。そして、アメリカドル……」

「それじゃあ、麻倉《あさくら》さん、これには芥川龍之介が関わっているんですか！」

「ん？　あ、ああ、いや、そういうことじゃなくて……」

思いもよらない反応にふきだしそうになったが、なんとかこらえた。

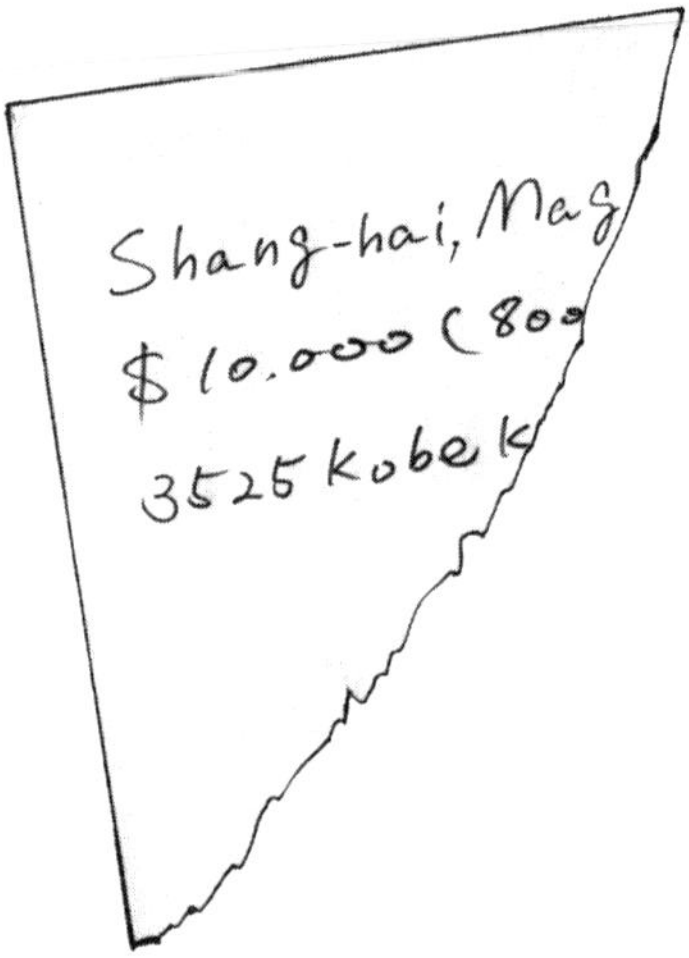

「『アグニの神』の話がメモを読み解くヒントになるってことです。たとえば童話では、三百ドルは手付け金で、占《うらな》いが当たればあとでもっと払《はら》うといっている。一方、メモには〈$10,000〉とある。もし密輸品の代金が一万ドルで、〈800〉が八千ドルを意味するなら、それは手付け金で、漁船に残されていたこの二千ドルは残金だったと考えられます」

「だが、麻倉さん。ここには八百としか……」

「それはちぎれているからですよ。その証拠《しょうこ》に〈）〉がないでしょう？　ほんとうはこのあとに〈0）〉と書いてあったはずです」

「でも、麻倉さん。その二千ドル、だれが船に持ちこんだんやろか？」

「え？」

「業摩《ごうま》の息子《むすこ》じゃないのやろ？　だったら、だれが？　いや、というかね、二千ドルが残金だとしたら、それは麻倉さん、あなたが持っていくべきものやないかなぁ」

　完全に虚《きょ》をつかれた。まったくそのとおりだ。おれが品物を受けとって取引完了《かんりょう》なら、井上《いのうえ》は二千ドルをおれに預けなければならなかったはずだ。

　ということは、おれの推理はまちがっているのか。この二千ドルは、業摩の息子でもおれでもない、別のだれかが船に持ちこんだのか。あるいは、もともと荷物とは関係ないのか……。

　いや、ちがう。別の筋書きがある。それも、いままで思いあたった中で、いちばんありそうで、そして、いちばん腹立たしい筋書きが。

「くっそう！　やっぱり、おれはあやつられていたんだ！　それも最初の最初から！」

いきなり大声をあげたおれに、迦楼羅と修円がぎょっとしてあとずさった。

「ど、どうしたんですか、豪太郎さん……」

おれはふたりにというより、うかつだった自分をののしるために声をはりあげた。

「井上の事務所から逃《に》げだすとき、手下たちがいってたことを、思いだしたんだよ！　あいつら、階段を上がりながら、こういってた。

『ほんまに、若頭《わかがしら》はどこに行きよったんやろ』

『もう四日も連絡《れんらく》がつかんなんてなぁ』

だが、おれが井上に会ったのは、おとといの夜だ！」

つまり、そのときすでに、井上は行方不明《ゆくえふめい》だったってことだ。

「それじゃあ、麻倉さんが会った井上って男の正体は……」

息をのむ修円に、おれはうなずいた。

「業摩《ごうま》の息子《むすこ》ですよ。やつは井上をどこかに監禁《かんきん》して、自分が井上になりすましたんだ！」

考えてみれば、井上と会ったのは一度きりだ。場所も丸亀港《まるがめこう》近くの飲み屋で、亀城会《きじょうかい》の事務所じゃない。井上という名前も、亀城会で若頭をしているというのも、むこうがそういっただけ。まして、井上が、ひどいいかり肩《がた》で長身の若い男かどうかなど、おれにわかるわけもない。

「だが、どういうわけか業摩《ごうま》の息子《むすこ》のほうは、おれが金に困っていることを知っていた。いい稼《かせ》ぎ口《ぐち》をもちかければ、ほいほいのってくると、見透《みす》かしていたんですよ」

実際、取引の場所、漁船の名前、荷物の運び先である亀城会の事務所の地図……。二千ドルをわたさなかった以外は、すべてが本物なのだから、疑いようもなかった。

「業摩の息子は、約束の時間より少し早く漁船に行くと、本物の井上から奪《うば》った二千ドルを船長にわたし、荷物を受けとった。そして、船長を焼き殺したんです。そうとも知らず、おれはのこのこ出かけていき、焼死体《しょうしたい》を目にして驚《おどろ》く……」

そこで業摩の息子は、漁船の外で、わざと自分の影《かげ》をおれに見せつけた。かかしみたいな男の影を見たおれは、当然、井上だと思う。

「おれは、はめられたと考えて逃《に》げようとするが、すでに警察には通報ずみ。おれが逃げこめるのは山しかない。迦楼羅が修行《しゅぎょう》をしていることがわかっている山へとね」

さっき迦楼羅は、おれがあやつられていたのは業摩の息子の霊力《れいりょく》のせいだといっていた。が、そうじゃない。金に困ったヤクザ者が、どう考え、どう行動するかを計算していたのだ。

「では、丸亀の事務所にあった焼死体はやっぱり……」

「本物の井上ですよ。おれたちが来るのをみはからって、焼き殺したんです。そして、驚いたおれたちが事務所から飛びだすところを、男たちに襲《おそ》わせて殺す。こうして、呪《のろ》い専門の怪《あや》しい拝み屋、東海寺《とうかいじ》迦楼羅は、ヤクザ同士の殺し合いにまきこまれて死んだことになる……」

とはいえ、曲がりなりにも、井上は暴力団の若頭《わかがしら》。どうやって金を奪《うば》いとり、四日間も監禁《かんきん》できたのか……。

心の中で思いめぐらしたつもりが、声に出ていたのだろう。修円が答えてくれた。

「それはかんたんや。相手をかなしばりにしたり、気を失わせる呪法《じゅほう》がありますからね」

なんだ、結局、霊力《れいりょく》か……。

とはいえ、迦楼羅も、日本刀をふりまわしていた暴漢を呪文ひとつで動けなくしていた。業摩《ごうま》の息子《むすこ》も似たような方法を使ったのだろう。自由を奪われた井上は、このお堂に閉じこめられていたのかもしれない。

「でも麻倉さん。メモの残りはどういう意味や？　〈Mag〉の続きはいったい……」

「〈ora〉でしょう」

それまでだまっていた迦楼羅が、とつぜん声をあげた。

「〈Magora〉――摩睺羅《まごら》。父の名前のはずです。それ以外、考えられません」

「なんやて！　それじゃあ、摩睺羅さんは上海におるんか？」

「それはわかりませんが、でも業摩の息子は父についてなにかを知っている、この事件に、父はなにかしら関わりを持っている、それだけは確かだと思います」

父親の手がかりが得られたことで、元気が出たのだろう。迦楼羅の声には、いままで聞いたことのない張りが感じられる。

「豪太郎さん、業摩《ごうま》の息子《むすこ》を追いましょう！　父のことも、人体自然発火現象のことも、一気にわかるかもしれません！」

「もちろんだぜ。おれだって、ここまでコケにされたんだ。居場所をつきとめて、つるしあげてやらなくちゃ気がすまねえや。だが、どこへ行く？」

「神戸《こうべ》です」

「神戸？　なんでまた……」

「だって、この〈3525kobek〉、なんとなく神戸っぽくないですか？」

「神戸っぽいって……」

「この事件、絶対アメリカに関係があると思うんです。メモは英語だし、ドル札も落ちてたわけだし。で、このあたりでアメリカ人がたくさんいそうなところといえば、神戸でしょう？」

雑な連想だ。が、否定もできなかった。実際、〈kobek〉は最後の〈k〉を別にすれば、〈神戸〉と読めなくもない。

「だが、迦楼羅さん、この〈3525〉ってのは、どうなってんだ？」

「それは神戸に行ってから考えましょう。むこうに行って初めてわかることもあるでしょうし」

迦楼羅はあっけらかんというと、懐中電灯《かいちゅうでんとう》を修円にわたした。

「というわけで、ぼくたち、神戸へ行きます。いろいろ、ありがとうございました！」

暗闇《くらやみ》の中で、修円が目をむくのがわかった。

「えっ、これからかい？　今夜はうちに泊《と》まっていけば……」

「そうはいきません。業摩《ごうま》の息子《むすこ》はわたしたちを陥《おとしい》れることに失敗したんです、むこうが次の手を考えているうちに、こんどはこっちが先手をうたなくちゃ！」

「そうか？　それなら無理には引き留めんが……。でも、ときどき連絡《れんらく》をくれよ」

そういって、修円は小さな紙を差しだした。

「信者さんの獲得《かくとく》のために作ったお寺の案内や。ここを見てごらん。うちの大家さんの電話番号やけど、ここへかけてくれたら、いつでも呼びだしてくれることになっとるから」

紙には小さな字でこう記してあった。

〈丸亀２４４３（呼びだし）〉

「あっ！」「あっ！」

はかったように、おれと迦楼羅は声をあげた。それから顔を見合わせ、うなずきあった。

「な、なんや、あんたたち。なにを急ににこにこしとるんや？」

ひとり、修円だけが、ぽかんとおれたちの顔を見つめていた。

★

神戸に行くには、まず瀬戸内海《せとないかい》をわたらなければならない。

連絡船《れんらくせん》は丸亀からも出ているが、あんなことがあった直後だから、港に近づく気にはなれない。それで高松《たかまつ》まで歩いていき、そこから国鉄の宇高連絡船《うこうれんらくせん》に乗ることにした。

丸亀から高松まで約三十キロ。休み休み歩いても、夜明けまえには着ける。もっとも食べ物屋はとっくにしまっていたから、飲まず食わずで歩かなければならなかったが。

歩きはじめて三時間。さすがに足どりが重たくなってきたころ、迦楼羅が足を止めた。

「あそこに神社があります。少し休みましょう。水ぐらいならあるでしょうし」

迦楼羅について鳥居をくぐると、小さいながらも、しっかりとした社殿《しゃでん》があった。

ふたりして軒下《のきした》にころがりこむと、同じように靴《くつ》を脱《ぬ》ぎ、山谷袋《さんやぶくろ》を投げ出す。

「こういうとき遍路姿《へんろすがた》はいいですね。野宿をしていても、不審《ふしん》に思われませんから」

無言でうなずきかえしながら腰《こし》をおろしたが、いつしか体が横になっていた。

さすがに疲《つか》れた。この二日、とにかく、いろいろなことが起きすぎた。

戦災孤児《せんさいこじ》から極道《ごくどう》になったおれだから、ゴタゴタには慣れっこだが、こんどばかりは勝手がちがった。人体自然発火、呪詛《じゅそ》、藤憑《とうびょう》……。ありえないことばかりがあたりまえのように続く。

――いったい、この先、なにが起きるのやら……。

「……そう、岡山《おかやま》だよ」

ふと、迦楼羅の声が聞こえたような気がした。それも、ずいぶんと遠い。

――あいつ、いったいどこにいるんだ？　それに、だれと話してる？

「……かしこまりました」

――女の声……。そういえば、まえにもこんなことが……。

気づくと、目のまえに群青色《ぐんじょういろ》の空が広がっていた。夜明けの空だ。

そうか、おれは寝入《ねい》ってしまったのか……。と、そんなことより！

がばっと体を起こすと、おれは声をはりあげた。

「迦楼羅さん！　おい、迦楼羅さん！」

「はい？」

声はすぐ横から返ってきた。迦楼羅は、社殿《しゃでん》の柱によりかかって空を見上げている。

「な、なんだ、そこにいたのか」

「ええ、ずっとここにいましたよ。どうかしましたか？」

「いや、遠くで迦楼羅さんと女が話している声が聞こえたから……」

薄紅色《うすべにいろ》の唇《くちびる》に、すっと笑《え》みが浮《う》かんだ。

「夢を見たんですね。どうりで、ずいぶんとうなされていましたよ」

なんだ、これ？　きのうもこんなやりとりをしたような気がする……。

「そろそろ出発しましょう。高松まであと少し。連絡船《れんらくせん》に乗るまえにうどんでも食べましょう。あ、遍路《へんろ》の衣装《いしょう》はここで着がえてください。四国の外でこのかっこうは、目立ちますから」

なぜだか、けさの迦楼羅は妙《みょう》にきげんがよかった。

★

神戸の三《さん》ノ宮駅《みやえき》に着いたのは、昼をだいぶ過ぎたころだった。

「駅員さんに聞いたら、北野町《きたのちょう》はここから歩いて十五分ぐらいのところだそうです」

目的地が神戸の北野町になったのは、メモの切れはしにあった〈3525kobek〉からだ。

修円がくれた寺の案内にあった〈丸亀２４４３〉から、それが電話番号だろうと目星がついた。

問題は〈kobek〉の最後の〈k〉がなにを意味するかだったが、迦楼羅は宇高連絡船の中でかたっぱしから乗客にたずねて歩くことで解決した。

『神戸で、か行で始まる町で、外国人が多いところって、どこだか知りませんか』

答えは五人目で出た。

『そりゃ北野町やろ。金持ちの異人さんのお屋敷《やしき》が、ぎょうさんならんどるから』

つまり、メモにはもともと〈3525kobekitanocho〉と書いてあったわけだ。

そうとわかると、迦楼羅は、岡山駅の公衆電話から電話をかけた。そして、相手がシメオン・リーというアメリカ人であることから、屋敷《やしき》の住所まで聞きだしてしまった。

すでにふたりがなぞの焼死《しょうし》を遂《と》げているうえに、おれたち自身も命をねらわれたのだ。何者かわからない相手に、いきなり電話をするなんて、迦楼羅の大胆《だいたん》さと行動力には、あっけにとられるばかりだ。

大胆といえば、服装もそうだ。仮眠《かみん》を取った四国の神社から、迦楼羅は例の狩衣《かりぎぬ》とやらを着ている。業摩《ごうま》の息子《むすこ》が追っているかもしれないし、おれも警察に追われる身。なるべく人目につきたくはない。なのに、

『これが陰陽師《おんみょうじ》の正装ですから』

と、平気な顔で、連絡船《れんらくせん》の中をあちこち質問をしてまわったり、列車を乗りついだりしている。

最初は他人の目が気になったおれも、いつしか慣れてしまい、いまは、少女のような白い顔と

凛《りん》としたたたずまいがなんとも狩衣《かりぎぬ》によく似合って、見とれてしまうことさえある。

「豪太郎さん、早く。北野町は山のほうにむかって歩いていけばいいそうです」

意気揚々《いきようよう》と駅を出ていく迦楼羅を、すれちがう人々がふりかえっていく。

美しい男とならんで歩くのがこんなにも気分がいいものだとは、驚《おどろ》きだった。

7 異人館

「うわぁ、なんだか外国に来たみたいですね！」

十五分後、だらだらと続く北野町《きたのちょう》の登り坂に、おれがうんざりしているその横で、迦楼羅《かるら》は目を輝《かがや》かせていた。

「こういうのを洋館っていうんでしょう？　レンガ造りで三角屋根の塔《とう》がついてて……。あ、こっちは壁板《かべいた》が緑色だ。うわっ、豪太郎《ごうたろう》さん、見てくださいよ、この鉄の門。模様がきれいです！」

異人館なら横浜《よこはま》にもあるから、おれにはめずらしくもなんともない。むしろ、これからなにが起こるかわからないというのに、はしゃぎまわれる迦楼羅がめずらしく、そして、おもしろい。

「んなことより迦楼羅さん、電話で聞いたっていう屋敷《やしき》は、どれなんだよ」

「ああ、そうでした、そうでした。ええっとですね……」

おれはわざといらだった声をあげたのだが、迦楼羅はそれにも気がつかないようで、あたりをきょろきょろしている。

「あ、ここです、ここです」

迦楼羅は石の門柱に記された番地を指さすと、おおげさな装飾《そうしょく》がほどこされた鉄の扉《とびら》を押《お》しあけた。入るとすぐ、二階建てのレンガ造りの洋館が現れた。

「ひゃあ、ここも大きいですねぇ。あ、窓も上のほうがまるくなってますよ。アーチ形っていうんですよね？　……へえっ、玄関《げんかん》のガラス戸までがアーチですよ！　おしゃれだなぁ」

迦楼羅のはしゃぎ声を聞きつけたかのように、ガラス戸が開いた。

「さきほどお電話をくださった方ですか？」

出てきたのは、ずんぐりした中年の日本人の男だった。執事《しつじ》だろう、黒い燕尾服《えんびふく》を着ている。

「ああ。丸亀《まるがめ》の亀城会《きじょうかい》の使いの者だ」

おれは、わざとすごみをきかせた声を出した。

白の開襟《かいきん》シャツに細身の黒ズボン、角刈《かくが》りの頭という、いかにもヤクザっぽい男と、少女のような顔に狩衣姿《かりぎぬすがた》という、異様なふたり組に、どんな反応を見せるかが知りたかった。

「旦那様《だんなさま》がお待ちです。どうぞ、こちらへ」

執事は顔色ひとつ変えず、おれたちの先に立って、屋敷《やしき》の奥《おく》へ歩いていく。

——なるほど、変なやつらの出入りには慣れているってことか。

こいつは、まちがいなく、なぞの荷物の密輸に関わっている……。

迦楼羅も、一転してまじめな顔でうなずきかえしてきたから、同じことを考えているようだ。

執事《しつじ》は長い廊下《ろうか》のつきあたりで足を止めた。そそりたつような木のドアをノックすると、間髪《かんはつ》いれず、むこうから低い声が返ってくる。英語だったが、たぶん『通せ』といったのだろう。執事はドアを開けると、一歩退いた。

深呼吸をして、迦楼羅を背中に感じながら、足を踏み入れた。

そこは広い部屋という言葉ではいいたりないような、巨大《きょだい》な空間だった。

黒と白のタイル張りの床《ゆか》に、見上げるような高い天井《てんじょう》、三つならんだアーチ形の窓のむこうには、芝生《しばふ》におおわれた庭が広がっている。

奥《おく》の壁《かべ》に暖炉《だんろ》がしつらえられていた。ゆらめく赤い炎《ほのお》のまえに安楽椅子《あんらくいす》がひとつ。

そこに初老の白人が座《すわ》っていた。

猫背《ねこぜ》の体を、赤いガウンで包んでいる。足にも同じ生地《きじ》の赤いスリッパを履《は》いている。なかばはげあがってはいるが、髪《かみ》は黒く、絵に描《か》いたようなかぎ鼻。近づいていくおれたちを値踏《ねぶ》みするように、目を細め、なめるように視線をはわせてくる。

日本人を見下す金持ちの外国人がよくやる態度だ。横浜で何度も見てきた。こういうときは、日本語が通じるかどうかなど関係なく、こちらから、ずばっといってやるのが肝心《かんじん》だ。

「中国からの荷物を発注したのは、リーさん、あんただな？」

リーは表情ひとつ変えず、しわがれた声を返してきた。

「おまえがイノウエか？　荷物はどこだ」

なるほど、こいつは気の短いタイプらしい。それなら、じらしてやるのがいい。

おれは質問には答えず、ポケットからドルの札束をひっぱりだした。

「これはあんたのか？」

白髪《しらが》まじりのまゆ毛がぴくりと動く。リーが見せた初めての反応だ。

「なぜ、おまえが持っている？」

そうきたか。やっぱり、この二千ドルは荷物の引《ひ》き渡《わた》し時《じ》に払《はら》う残金だったようだ。

「荷物は奪《うば》われた」

顔色をうかがった。が、リーはなにもいわない。老人シミの目立つその顔には、さっきの見下したような表情がもどっていた。

「犯人の目星はついている」

「だったら、いますぐ奪いかえして……」

「そのまえに聞いておきたいことがある。荷物の中身はなんだ？」

リーの表情は変わらなかった。

「あんたの荷物のせいでふたり死んで、おれはその犯人に仕立てあげられた。荷物の中身がなんなのか、知らずに仕事を続けるわけにはいかねえんだよ」

「荷物をここへ持ってこい。そうすれば、警察はおまえを追わなくなる」

思いがけない答えに、おれは言葉につまった。

いったいどういうことだ。なぜこの男が荷物を手にすると、おれが無実になれるんだ。こいつには警察を動かすだけの力があるというのか……。

そこへ、背中に隠《かく》れていた迦楼羅が、すっとまえに出た。

「摩睺羅《まごら》になにを発注したんです？」

リーがまた目を細め、迦楼羅をじろじろと見る。

「陰陽師《おんみょうじ》の東海寺《とうかいじ》迦楼羅。摩睺羅の息子《むすこ》です」

「おまえは何者だ」

「マゴラの息子……」

しわだらけの白い顔に、驚《おどろ》きの色が広がった。ここまで表情を変えたのは初めてだった。

追いうちをかけるように、迦楼羅が質問を投げかける。

「父は上海《シャンハイ》にいるのですか？　どうしてあなたは父を知ったのです？　荷物と父と、いったいどんな関係があるのですか？　教えてください」

リーは首を強くふった。

「わたしはなにも知らん。話すことはない。いいから荷物を取りかえしてこい。その二千ドル、おまえたちにやるから、荷物を取りもどしてくるんだ！」

迦楼羅は引き下がらなかった。引き下がるはずがない。リーの反応は、だれがどう見ても、なにか知っているとしか思えないのだから。

「荷物は取りかえします。でも二千ドルはいりません。質問に答えること、それが条件です」

「なんだと？」

「荷物を横取りした男は、わたしと同じ霊能者《れいのうしゃ》です。男の父親は、霊能力の勝負でわたしの父に負けました。もしかしたら死んだのかもしれません。それでわたしに復讐《ふくしゅう》しようとしている。あなたの荷物を盗《ぬす》んだのもそのためです」

迦楼羅の切れ長の目がきらりと光った。

「その荷物には、科学では説明できない力があるのではありませんか？　霊能者の手にかかれば、なかなかの凶器《きょうき》になる、そうですね」

「…………」

「いっておきますが、わたし以外に荷物を取りかえせる者はいませんよ。なにしろ、むこうからわたしの命を奪《うば》いにくるんですから。そして、わたしは必ずその男に勝つ」

リーは、ひからびた唇《くちびる》をふるわせながら、じっと耳をかたむけている。

「でも、父について教えてくれなければ、絶対に荷物はわたしません。それどころか、荷物を盗《ぬす》んだ男と同じように、それを勝手に使うかもしれません」

「む……」

「脅《おど》しでいってるのではないことは、あなたがいちばんよくわかっているはずです。わたしにもできるんです。わたしは摩睺羅《まごら》の息子《むすこ》、そして、陰陽師《おんみょうじ》なのですから」

迦楼羅の切れ長の目が射ぬくように見つめる先で、リーは背中をまるめていた。さっきまでの横柄《おうへい》な態度はすっかりなりをひそめて、小刻みにふるえてさえいる。

――こいつはしゃべるな。

そう思ったとき。

コンコン
ノックの音がすると、すぐにドアが開いた。戸口に現れたのは腹の出た執事《しつじ》だった。

「失礼いたします。アンダーソン少佐がお見えになりましたが、いかがいたしましょう」

リーの背中がすっとのびて、執事にうなずきかえす。それから、迦楼羅にむき直った。

「この続きは明日だ。朝九時に来い」

「時間を稼《かせ》ごうとしても……」

前のめりになる迦楼羅を、リーは節《ふし》くれだった手で制した。

「約束は守る。おまえの父について、知っていることは話してやる。が、それは明日だ」

そこへ軍服姿の将校が入ってきた。おれたちの姿に「オウッ」と声をあげて足を止める。が、リーはすぐに英語でなにかをいい、一方で、執事《しつじ》がおれたちにむかって手をのばす。

「おふたりはどうぞ、こちらへ」

おれたちは、おとなしく部屋を出ていくほかなかった。

★

門を出るまで、迦楼羅はなにもいわなかった。

肝心《かんじん》なところで話を打ち切られたことにショックを受けたのか。それとも、自分の父親についてリーがなにを知っているのかに、思いをめぐらせているのかもしれない。

「とにかく迦楼羅さん。明日を待とうや。リーの表情からして、うそはいってないと思うし……」

カシャン
鉄の門扉《もんぴ》を閉めた迦楼羅が、おれをふりかえった。

「豪太郎さんにお願いしたいことがあります」

だしぬけにいわれて、おれは目を丸くした。

「明るいうちに、人目につかずにこの屋敷《やしき》の敷地《しきち》に忍《しの》びこめるところを探してください。あと、便所のくみ取り口も見つけておいてください」

おれは開いた口がふさがらなかった。

「わたしは、そのあいだに、荷物の受けとりに行ってきます」

「荷物？」

「けさ、岡山《おかやま》の人に注文しておいたものがあるんです。いまから電話して、大至急、三ノ宮《さんのみや》の駅留めで送ってほしいといえば、夜までには届くでしょう」

「……迦楼羅さん、あんた、いったいなにをしようとしてるんだ」

「戦いの準備です」

迦楼羅はあっけらかんとそういった。

「今夜、ここに業摩《ごうま》の息子《むすこ》が現れます。そして、わたしに戦いを挑《いど》んできます」

「戦い？　だ、だけど、あんたがここにいること、業摩の息子は知ってるというのか？」

「こんなかっこうで、船や列車に乗ったり、いろんな人に話しかけたりしたんです。あとを追うぐらい、かんたんでしょう」

なんと！　それじゃあ、狩衣《かりぎぬ》で行動し続けたのは、そのためだったのか。

——この男、やっぱり底知れないやつだ……。

「少し下ったところに神社がありましたね。そこで落ち合いましょう」

ゆうぜんと坂を下っていく狩衣の背中を、おれはぼうぜんと見送るばかりだった。

★

——くっそう、冷えてきやがった……。

鳥居のかげでおれは体を縮こまらせた。

北野町は神戸《こうべ》の街の北側にそそりたつ丘《おか》に広がっている。いま身をかくしているこの神社からも、神戸が一望できるが、いつしか街灯《まちあか》りのきらめく夜景に変わっていた。

いま何時だろう。八時、いや九時か。とにかく迦楼羅が出かけてから、軽く五、六時間はたっている。もどりは夜になるといってはいたが、さすがに時間がかかりすぎじゃないのか。

——じっとしてるのも寒いし、ちょっとようすを見てくるか……。

立ちあがったとき、坂の下から異様な人影《ひとかげ》が上がってくるのが見えた。

前屈《まえかが》みになって、背たけよりも大きな荷を背負っているのだが、その荷の形がみごとに長方形なのだ。どうやら板のようだが、なんだって、あんな大きな板を背負ったりするんだ……。

思わず身を乗りだしたところで、むこうから声をかけられた。

「……ああ、豪太郎さん。お待たせしました……」

板の下に狩衣《かりぎぬ》が見えた。あわててかけよると、玉の汗《あせ》を浮《う》かべた迦楼羅がおれを見上げていた。

「迦楼羅さんか！　いったいその板はなんなんだ？」

「板じゃなくて、障子です」

いわれてみれば、木の枠《わく》の中に桟《さん》をはりめぐらし、その上に和紙を貼《は》ってある。まぎれもなく窓や縁側《えんがわ》にある障子だ。それにしても、神戸の街を狩衣姿《かりぎぬすがた》の美少年が障子を背負って歩きまわるとは。まあ、これも、わざと目立って業摩《ごうま》の息子《むすこ》を導く作戦なのだろうが……。

「それで、リー氏の屋敷《やしき》に忍《しの》びこめる場所は見つかりましたか？」

「え？　あ、ああ、こっちだ……」

おれは迦楼羅を引き連れて、神社の横の坂道をのぼりはじめた。坂の両側が雑木林に変わったところで道を外れ、真っ暗な雑木林に足を踏《ふ》み入《い》れると、迦楼羅から懐中電灯《かいちゅうでんとう》をわたされた。

「街で買ってきました。でも、くれぐれも怪《あや》しまれないように注意してくださいね」

少し下ったところで、おれは懐中電灯のスイッチを入れた。雑草に隠《かく》れるようにレンガ塀《べい》が立っていた。胸の高さぐらいの塀《へい》だが、光を当てたところだけは、くずれて、またいで通れるようになっている。

「このむこうがリーの屋敷《やしき》の敷地《しきち》だ」

「なるほど。それで、便所のくみ取り口はどこですか」

懐中電灯《かいちゅうでんとう》を屋敷のほうへむける。オレンジ色の光の輪の中に、丸い石のふたが浮《う》かびあがった。

「だったら……」

迦楼羅は、しばらくあたりを見まわしていたが、やがて、レンガ塀をまたいで敷地の中に入ると、くみ取り口のすぐ横で足を止めた。

「ここにしましょう」

そういって、障子を体にしばりつけていた麻縄《あさなわ》をほどきはじめた。それから、おろした障子をおれに預け、こんどはその麻縄をまわりの木に巻きつけていく。

「……結界《けっかい》とやらを作ってるのか?」

「似たようなものです。ここで業摩《ごうま》の息子《むすこ》を待ち受けます」

「くみ取り口のすぐ横で?」

迦楼羅は答えなかった。おれもそれ以上は聞かなかった。それより気になることがあった。

初めて会ったとき、迦楼羅は、結界は空間を四角に区切る、といっていた。でも、いま迦楼羅が麻縄《あさなわ》でかこったのは三方だけ。これではコの字だ。

「開いた一面には、この障子をたてます」

おれの心を読んだかのように、迦楼羅はコの字をふさぐように障子をたてた。

が、そこで初めて、それがふつうの障子とちがっていることに気がついた。

桟《さん》が妙《みょう》に細かい。たぶん数センチのちがいだろうが、縦も横も短い。おかげで四角い枡形《ますがた》のひとつひとつがふつうの障子より小さく、そのぶん枡形の数も多くなっている。

こんな障子、見たことがない。注文したといっていたが、このためだったのだろうか……。

「では、呪《しゅ》を唱えます」

迦楼羅は目を閉じると、両手をおかしな形に組み合わせた。

「オンシュリマリ・ママリマリ・シュシュリ・ソワカ、オンシュリマリ・ママリマリ……」

なんだ、この呪文《じゅもん》は？　まえに聞いたのとちがうような……。

「……シュシュリ・ソワカ、オンシュリマリ・ママリマリ・シュシュリ・ソワカ」

迦楼羅は一心に呪文をくり返している。しばらくすると、かっと目を見開いた。

「準備万端《ばんたん》整いました！　あとは業摩《ごうま》の息子《むすこ》が来るのを待つだけです！」

いきなり子どもみたいな声にもどると、迦楼羅はその場にしゃがみこんだ。それから、腰《こし》にさげた包みに手をのばす。中から出てきたのは、ボールのような白米のにぎりめしだ。

「おなかすいただろうなと思ったんで、買ってきたんです！　いっしょに食べましょう！」

迦楼羅はおれの手にひとつ押《お》しつけると、自分のにぎりめしにかぶりつきはじめた。

――信じらんねぇ。便所のくみ取り口のすぐ横で、よく食えるな……。

といって、せっかく買ってきてくれたものをつき返すのもはばかられる。おれは迦楼羅のとなりに腰《こし》をおろすと取りつくろうように話しかけた。

「……なあ、さっきの呪文《じゅもん》、あれはなんだ？」

迦楼羅の白い顔に花のような笑《え》みが広がった。

「うわぁ！　豪太郎さん、陰陽道《おんみょうどう》の世界に興味を持ってくれたんですね！」

「別にそういうわけじゃないが、初めて聞いたような気がしたから……」

「烏枢沙摩明王《うすさまみょうおう》の真言《しんごん》です。梵字《ぼんじ》のあったお堂でお話ししたでしょう？　烏枢沙摩明王は便所の神のように信じられているると。ここは便所のすぐそばですし、それにこれはただの結界というより、呪詛返《じゅそがえ》しですから」

あいも変わらず、わけのわからない説明だったが、陰陽道とやらについておれから質問されることが、ずいぶんとうれしいらしいことは、よくわかった。

――だったら、あのことも聞いてみるか。

「もうひとつ。おれが寝《ね》てるあいだに迦楼羅さんが話をしていた女、あれはいったいだれだ？」

迦楼羅の目がきらりと輝《かがや》いたが、にぎりめしを食べる手は止まらない。

「おれが聞くたび、それは夢だといってたが、うそだろ?」

迦楼羅の口が止まる。それから、ふっと息をつくと、うっすらと笑《え》みを浮《う》かべた。

「そうですね。豪太郎さんはわたしのたいせつな相棒ですし、そろそろお話ししてもいいでしょう」

迦楼羅はにぎりめしをつかんだ手をおろすと、おれをふりかえる。

「あれは識《しき》です」

「しき?」

「式神《しきがみ》ともいいます。人でもなく獣《けもの》でもない、神でもあり、妖《あやか》しでもあり、霊《れい》でもあり、陰陽《おんみょう》師《じ》のために働いてくれるものです」

「でも、声は若い女のものだったぞ」

「識は、必要に応じて、男でも女でも、鬼《おに》や獣の姿にでもなれます。若い娘《むすめ》の姿をしているのは、わたしがそう命じたからです」

「主人の好みに合わせてくれるとは、便利な霊だな」

からかわれたことに気づかないのか、それともわざと無視したのか、迦楼羅はまじめな顔でうなずいた。

「ありがたいのは確かです。お遍路《へんろ》さんの衣装《いしょう》を用意してくれたり、お使いにいってくれたりしますから。なにより、妙子《たえこ》がいると心が安まります……」

「妙子？　それが識《しき》の名前だという……」

カサカサ
乾《かわ》いた音がした。鳥肌《とりはだ》がたつような不快な音だ。

顔をあげると、障子がゆれていた。風はそよとも吹《ふ》いていない。

カサカサ　カサカサ
障子のむこうになにかいる。それが障子紙をこすっているらしい。

迦楼羅がすっくと立ちあがった。障子を見つめる瞳《ひとみ》に火花が散っている。

「来ましたよ、豪太郎さん」

カサカサカサカサ　カサカサカサカサ　ガサガサガサガサ
音はどんどん大きくなり、それにつれて、障子もたわみはじめる。

バシュ！

破裂《はれつ》するように障子紙が破れた。

その瞬間《しゅんかん》、頭の中に、なぜだか芥川龍之介《あくたがわりゅうのすけ》の『杜子春《とししゅん》』の一節がよみがえった。

『白蛇《はくだ》が一匹《ぴき》、炎《ほのお》のやうな舌を吐《は》いて』

8 呪詛返《じゅそがえ》し

細い桟《さん》から巨大《きょだい》な白蛇《しろへび》が顔をのぞかせていた。

頭はにぎりこぶしを二つ合わせたよりも大きく、先の割れた舌は刺身《さしみ》にしたマグロの赤身のよう。白銀の鱗《うろこ》におおわれた太い体は、ぬらぬらとてかっている。

「な、なんだ、こいつは！」

「藤憑《とうびょう》です」

ふと、白蛇と視線が交錯《こうさく》した。黒飴《くろあめ》を思わせるその目は、じっとおれを見すえている。

――お、おれをねらっている……。

が、体の太さに比べて障子の桟がせますぎるのだろう、おれにむかう以前に、障子をすりぬけるのに苦労している。白い鎌首《かまくび》を右へ左へふりながら、体をねじこむたび、

ズリ……。ズリ……。

冷たい夜気に、鱗が桟にこすれる音がこだまする。

それをかき消すかのように、迦楼羅《かるら》が声をはりあげた。

「オンシュリマリ・ママリマリ・シュシュリ・ソワカ！」

烏枢沙摩明王《うすさまみょうおう》の真言《しんごん》だ。が、一度唱えたところで、迦楼羅はおれをふりかえった。

「豪太郎《ごうたろう》さん、ひしゃく！　それで、くみ取り口から中のものをすくってください！」

いわれている意味がわからず、おれはぽかんと立ちつくす。

「屎尿《しにょう》です！　ひしゃくですくって、藤憑《とうびょう》にかけるんです！」

「くそを？　藤憑に？　な、なんで……」

「いいから、いわれたとおりにしてください！　早く！」

「あ、ああ、わかった……」

もちろんわかってなどはいない。が、考えている余裕《よゆう》もなかった。ただ、いわれるままにひしゃくを拾いあげ、くみ取り口のふたを開けると、中につっこんだ。

ごぼりと音がして、柄《え》を通してなんともいえない感触《かんしょく》が伝わってくる。たぶん、すさまじいにおいがわきあがっているだろうが、恐怖《きょうふ》が先にたってなにも感じない。

そのあいだも、藤憑は、なんとか障子の桟《さん》をすりぬけようと身をくねらせている。

ふたたび迦楼羅が真言を唱えはじめた。

「オンシュリマリ・ママリマリ・シュシュリ・ソワカ！　オンシュリマリ・ママリマリ・シュ

シュリ・ソワカ！」

薄紅色《うすべにいろ》の唇《くちびる》からほとばしる烏枢沙摩明王《うすさまみょうおう》の真言に、藤憑《とうびょう》はかんしゃくを起こしたかのように、かっと口を開いた。

ただでさえ大きな頭だ。迦楼羅の小さな顔など、ひと口でのみこんでしまいそうだ。

「迦楼羅さん！」

夢中でくみ取り口からひしゃくをひきぬいたおれは、藤憑にむかってふりだした。

ひしゃくの小さな口から、中のものが飛び散って、藤憑の頭にふりかかる。

シュー！

奇怪《きかい》な音をたてながら、藤憑が大きな鎌首《かまくび》をのけぞらせた。おれをにらみつける黒飴《くろあめ》のような目玉に、ありありと怒《いか》りの色が浮《う》かんでいる。

——いやがっている！　こいつ、糞尿《ふんにょう》をかけられるのがいやなんだ！

おれはひしゃくをまたくみ取り口につっこみ、中のものをすくって藤憑にふりかけた。

シュー！

藤憑が逃《のが》れようとしていたが、太い体は小さな桟《さん》につまって進みも退きもできない。

うねうねともがくばかりの白蛇《しろへび》に、迦楼羅は真言を、おれはひしゃくの中身をふりかけ続けた。

「オンシュリマリ・ママリマリ・シュシュリ・ソワカ！　オンシュリマリ・ママリマリ・シュシュリ・ソワカ！」

「くらえ！」

シュー！　シュー！

藤憑《とうびょう》がひときわ激しく体をうねらせる。

バキッ！

乾《かわ》いた音をたてて、障子の桟《さん》が折れた。と同時に、障子がばったりとむこう側へ倒《たお》れた。

「まずいぜ、迦楼羅さん！　結界《けっかい》が破れた！」

藤憑が襲《おそ》いかかってくる！　そう思っただけで腰《こし》がくだけた。

「いいえ、だいじょうぶです」

おれに背をむけた迦楼羅が、肩《かた》で息をしながら闇《やみ》を見つめていた。

「藤憑は去りました」

「なんだって？　なぜわかる……」

「父と同じやりかたをしたからです。もっとも、わたしは豪太郎さんに助けてもらいましたが」

迦楼羅は恥《は》ずかしそうに笑いながら、おれをふりかえった。

「父が岡山《おかやま》の家具店の社長さんを助けた話、おぼえていますか。修円《しゅうえん》さんは、父がどうやって藤憑《とうびょう》の呪詛返《じゅそがえ》しをしたのかはわからないといってました。だから、わたし、社長さんに聞いたんです。というか、識《しき》を送ったんですが」

迦楼羅の使いだという若い娘《むすめ》に、社長は、当時、摩睺羅《まごら》がやっていたことをおぼえているかぎり、話してくれたそうだ。

「父はまず、特別な障子を作るようにたのんだそうです。桟《さん》のひとつが八寸四方になるようにという注文でした」

八寸四方といえば、縦横およそ二十五センチ。なるほど、それならあの藤憑の太い体がつまるぐらいの大きさだ。

「家具店ですから、障子を作るのはお手のもの。すぐに完成しました。すると、父は大きな瓶《びん》いっぱいに屎尿《しにょう》を入れさせ、特別な障子でかこった部屋に社長とこもったそうです」

そして、その晩、やってきた藤憑が桟につまると、烏枢沙摩明王《うすさまみょうおう》の真言を唱えながら屎尿をかけた。それ以来、藤憑が現れることは二度となかったという。

「……へえ。しかし、なんだってまた、藤憑は糞尿《ふんにょう》に弱いんだ?」

「それはわたしにもわかりません。祟《たた》り神《がみ》といえど神は神。不浄《ふじょう》のものをきらうのかもしれません。父に会えれば、教えてもらえるでしょうが……」

美しい顔に暗い影《かげ》が落ちたのに気づいて、おれは話題を変えた。

「それで、迦楼羅さん。藤憑《とうびょう》はどうなったんだ？　死んだのか？」

「死にはしません、神ですから。いまごろ、藤憑遣《とうびょうつか》いのもとへむかっているはずです。豪太郎さんのところへは二度と現れませんから、安心してください」

涼《すず》やかな表情を取りもどした迦楼羅が、ぐるりと闇《やみ》を見まわした。

「それにしても、業摩《ごうま》の息子《むすこ》はどうしたんでしょう？　藤憑を遣わしてきたということは、近くにいるはずなんですが……」

「うわっ！　わあぁ……！」

遠くで悲鳴がした。ひどくおびえたような男の叫《さけ》び声《ごえ》だ。

ふりかえると、生《い》け垣《がき》のむこうに屋敷《やしき》から飛びだす人影《ひとかげ》が見えた。

暗くて顔はわからないが、腹の出たずんぐりとした体つきをしている。

「あれは、リーの屋敷の執事《しつじ》じゃねえか？」

おれがつぶやいたとたん、迦楼羅が頭をかかえた。

「しまった！　そうか、そういうことだったんだ！」

迦楼羅はおれの手をつかむと、屋敷の玄関《げんかん》にむかってかけだした。

★

開け放たれたままの玄関《げんかん》から、あのにおいがした。
中に飛びこみ、長い廊下《ろうか》を走るにつれて、においは強くなっていく。
もはや、執事《しつじ》が逃《に》げだした理由を考えるまでもなかった。
つきあたりのドアを迦楼羅が開ける。
そのとたん、人の焼けるにおいがふきだした。
「うっぷ……」
両腕《りょううで》で鼻と口をおおいながら、広大な部屋を見まわす。
暖炉《だんろ》のまえの安楽椅子《あんらくいす》。そこに黒い灰がべっとりとこびりついていた。
床《ゆか》には、足首から下の足が二つ。昼間見たときと同じ、赤いスリッパを履《は》いている。
リーだ。シメオン・リーも、人体自然発火現象に襲《おそ》われたのだ。
が、漁船の船長や井上《いのうえ》とはちがうことが二つあった。
ひとつは、黒い灰からまだ煙《けむり》があがっていること。
もうひとつは、そのまえに男が立っていたこと。

ひょろりと背の高い、棒をかついだようないかり肩《がた》の男。

「遅《おそ》かったな、東海寺迦楼羅《とうかいじ》」

ほお骨とあごの骨の目立つ、ごつごつした顔だった。まだ若いだろうに、老人のように黄色くにごった、落ちくぼんだ目。まぎれもなく、丸亀《まるがめ》の酒場で井上《いのうえ》と名乗った男だった。

「あなたが、業摩《ごうま》さんの息子《むすこ》さんですか……」

「象摩《ぞうま》だ。御流《ごりゅう》象摩」

男は薄《うす》い唇《くちびる》をほとんど動かすことなく、うなるような声で答える。が、にごった目がおれをとらえると表情がこわばった。

「なぜ、こいつがここに……」

藤憑《とうびょう》の目に似た、黒飴《くろあめ》のような瞳《ひとみ》が、ぎょろりと迦楼羅へむく。

「……そうか、おまえの結界は藤憑をもはねかえすのか。さすがは摩睺羅《まごら》の息子だ」

「では、いままでのことは、やはりわたしへの復讐《ふくしゅう》ですか」

「裏切られたおやじの恨《うら》みを息子が果たす。当然のことだろう？」

「裏切り？　父が業摩さんを裏切ったというのですか？　まさか、そんなことが……」

「おれのおやじもそう信じていたそうだよ。もとは仲のいい兵隊仲間だったんだからな」

摩睺羅がどんなに悪いやつか、教えてやる——そういって、象摩は語りはじめた。

ふたりが知り合ったのは、中国に展開していた陸軍のある特殊部隊《とくしゅぶたい》だったという。

当時の中国には、毒ガスや生物兵器などの特殊兵器の開発を極秘裏《ごくひり》に行う部隊が展開していたが、そのひとつに霊力《れいりょく》を使った兵器の開発部隊もあった。業摩《ごうま》と摩睺羅《まごら》は、そこで仏教やヒンズー教に関わる遺物を集め、兵器に応用できそうなものを見つける任務に携《たずさ》わっていた、というのだが……。

「うそくせえ話だな。迦楼羅さん、こんな話、いつまで聞いてるつもりなんだ」

ところが、迦楼羅はひどく真剣《しんけん》だった。

「いいえ、ありうる話です。戦争中、日本軍は西洋科学からは考えもつかない怪《あや》しい研究を、いくつも行っていましたから。それに父は、兵隊に行ってたころのことも、戦後八年近くものあいだ中国でなにをしていたのかも、なぜか話そうとはしませんでした。ですから聞きたいんです。象摩《ぞうま》さん、お願いします、続けてください」

象摩は、ふんと鼻をならすと、薄《うす》い唇《くちびる》を開いた。

「おやじと摩睺羅は霊能力者《れいのうりょくしゃ》同士、すぐに打ち解けたそうだ。毎晩、霊力について語りあい、呪法《じゅほう》について教えあったりもしたらしい。そんなある日、ふたりのまえにこいつが現れた」

象摩の足もとに、ひとかかえほどの木箱があった。象摩はそこへ両手をつっこむと、大きな人形の頭を取りだした。

真っ赤な丸顔で、目も鼻も異様に大きく、頭には燃えさかる炎《ほのお》をかたどった飾《かざ》りがある。

そして、同じ顔が二つ、背中合わせになるようについていた。

「こ、これはアグニの像ではありませんか……」

「アグニ神像の頭だ。チベットの遺跡《いせき》で見つかったものらしい」

業摩《ごうま》と摩睺羅《まごら》は、アグニ神像からただならぬ霊力《れいりょく》を感じた。霊力の引き出しかたがわかれば、強力な兵器になる可能性がある。ふたりは頭をつきあわせ、そして思いいたった。

アグニはヒンズー教の火の神。仏教では烏枢沙摩明王《うすさまみょうおう》。ならば、烏枢沙摩明王の真言を唱えたらどうだろう、と。

「大成功だった。このアグニ神像の頭のそばにいた羊が燃え上がったんだよ。そうさ、これには生物を体内から自然発火させる力があるのさ」

大発見に喜んだふたりは、翌日、上官に報告することにした。

「ところが夜が明けたときには消えていた。摩睺羅も。アグニ神像の頭も」

持《も》ち逃《に》げされた――業摩はすぐにそう思った。

「アグニ神像は高く売れる、でも陸軍にわたせば一円にもならない。そのことにはおやじも気づいていたそうだ。が、自分ならふたりで山分けする、そういってたよ。独《ひと》り占《じ》めなど思いもよらない、と」

怒《いか》りに燃えた業摩《ごうま》は、兵舎を飛びだした。まだそう遠くへは行っていないはずだと。

「だが、見つからなかった。それだけじゃない。おやじはまずい立場に置かれたことに気がついた。許可を得ずに軍をぬけだした自分は、脱走兵《だっそうへい》になってしまった、と」

脱走兵は、発見次第《しだい》、銃殺《じゅうさつ》される。同時に、脱走しようが中国人にとって日本人は敵。業摩は広大な中国大陸で、敵からも味方からも、たったひとりで逃《に》げまわらなければならなかった。

「泥水《どろみず》をすすり、雑草の根を食べながら、中国をさまよった。すべては摩睺羅《まごら》の裏切りのせいだ。必ず復讐《ふくしゅう》する。おやじはそう誓《ちか》った」

昭和二十一年、なんとか帰国を果たした業摩は、まず東京の東海寺《とうかいじ》を訪《おとず》れたという。

だが、東海寺のあった一帯は空襲《くうしゅう》で焼け野原。摩睺羅の行方《ゆくえ》は杳《よう》として知れない。それでも、業摩は、自分自身が拝み屋として全国をまわりながら摩睺羅の消息をたずねて歩いた。

「そして八年後、ついに四国で摩睺羅を発見した。おやじは息巻いてたよ。『摩睺羅は強力な陰《おん》陽師《みょうじ》。素直《すなお》に近づけば、必ず感づかれる。だから、むこうからおれに近づくように仕向ける。そして、たっぷりとオトシマエをつけさせてやる』とな」

それが藤憑《とうびょう》の呪《のろ》いだった。それをおとりに、摩睺羅に呪詛返《じゅそがえ》しをさせ、おびきよせたわけだ。

「だが、結果は返《かえ》り討《う》ちだった」

おれは象摩《ぞうま》にむかっていいはなった。

「いきさつはともかく、男が命をかけて戦って負けたんだ。潔《いさぎよ》く引き下がったらどうだ」

そのとたん、象摩《ぞうま》の顔がみるみる般若《はんにゃ》のような形相に変わっていった。

「おやじは死んでなどいない！　殺される以上のひどい仕打ちを受けたんだ！」

「殺される以上のひどい仕打ちだと？」

「霊力《れいりょく》を失い、記憶《きおく》までも失った。自分の名前も、家族の顔さえもわからず、毎日、ただ空を見上げるだけ。どんな呪法《じゅほう》をかけたか知らないが、摩睺羅《まごら》はおやじを生ける屍《しかばね》にしたんだ！」

般若のような象摩の顔が、さらに怒《いか》りでゆがむ。

が、とつぜん、その怒りの色がうそのように消え、冷たい笑《え》みにとってかわった。

「だが、このアグニ神像が、おれの手元にころがりこんだことで、すべてが変わった」

こんどは、迦楼羅の顔色が変わった。

「ころがりこんだ？　どういうことです？」

「おやじに代わって摩睺羅への復讐《ふくしゅう》を決意したおれは、おやじと同じように拝み屋をやりながら、あちこち訪ね歩いていた。そんなとき、ある筋から、アグニ神像の情報が手に入ったんだよ。アメリカ軍が霊力のあるアグニ神像を買いとろうとしているらしいとな」

「でも、なぜアメリカ軍が……」

「旧日本軍が中国で開発していた兵器の中には、ソ連《れん》や中国の手にわたっては困るものがある。

それで、戦後、アメリカ軍はひそかに接収や買いとりを進めてきた。灰になったシメオン・リーはそれに関わる貿易商のひとりだ。丸亀《まるがめ》のヤクザの足もとに置いといたメモ、あれはこの男が書いたものだ。アグニ神像を上海《シャンハイ》から密輸入して、アメリカ軍に手わたす手はずだったのさ」

「じゃあ、あのメモの〈Shang-hai, Magora〉は、やっぱり父のことなんですね！　リーさんは、上海にいる父からその像を買ったんですね！」

がぜん身を乗りだす迦楼羅を、象摩《ぞうま》はふふんと鼻で笑った。

「さあな。それはおれにはどうでもいいことだ。アグニ神像なら、その力も使い方も、おやじから聞いている。だったら、そいつを手に入れて復讐《ふくしゅう》に使おうと思った。相手も、行方《ゆくえ》のわからない摩睺羅《まごら》より、息子《むすこ》の迦楼羅をねらおうとな」

やっぱりそうだったか。象摩は井上からメモを奪《うば》い、井上になりすまして、アグニ神像を手に入れると、その力で漁船の船長と井上を焼いたのだ。

「おれを漁船に送ったのも、迦楼羅さんに感づかれないためなんだな？」

象摩はにんまりと笑った。

「おやじと同じように、獲物《えもの》のほうから自分に近づかせたのさ。麻倉《あさくら》といったな。ねらいどおりに動いてくれて助かったよ。迦楼羅が聞いていた以上に寂《さび》しがり屋《や》だったことにも助けられたが」

そのとたん、横で、迦楼羅の体が、けいれんを起こしたかのようにふるえはじめた。

「ぞ、象摩《ぞうま》さん、わたしが寂《さび》しがり屋《や》だということ、だれに聞いたんです！」

いったいどうしたんだ。そんなに激しく反応するようなことか？

が、象摩は象摩で、なぜだか、うれしそうににやけている。

「さあ、だれかな？　それより迦楼羅、どう逃《に》げるかの心配をしたほうがいいんじゃないか」

「どういうことです？　豪太郎さんとわたしを、ここで燃やすつもりなのではないですか？」

「燃やすのは麻倉だけだ。おまえにはおたずね者になってもらう」

「おたずね者……」

「おれがいままでやってきたことを、すべておまえにかぶってもらう、それがおれの復讐《ふくしゅう》だ。おまえの姿は、ここの執事《しつじ》とアメリカ軍の情報部の将校が目にしている。この先、おまえは、旧日本軍の心霊兵器《しんれいへいき》で四人を殺し、持ち逃げした男としてアメリカ軍から追われるんだよ」

「そ、そんな……」

「相手はアメリカ軍の情報部だ。追及《ついきゅう》はきびしいぞ。中国大陸をたったひとりで逃げまわったおやじと同じ苦しみを、たっぷりと味わうがいい」

象摩は、からからと勝《か》ち誇《ほこ》ったように笑うと、落ちくぼんだ目をおれにむけた。

「それじゃあ、おまえを実験台に、相棒にアグニ神像の威力《いりょく》を見せてやるとするか」

「てめえ、いわせておけば、いい気になりやがって！」

おれはこぶしをふりあげた。が、象摩《ぞうま》もアグニ神像の顔をおれにむけていた。

「オンシュリマリ・ママリマリ・シュシュリ・ソワカ」

「うっ……」

みぞおちのあたりに、突《つ》きをくらったような衝撃《しょうげき》があった。

息がつまったその苦しさに、おれは思わず両ひざをつく。

「悪あがきはやめたほうがいい。おまえはもともと迦楼羅が網《あみ》にかかったところで用ずみ、丸亀で消えるはずだったんだ。おとなしく、ろうそくのように燃えるがいい」

象摩の瞳《ひとみ》にどうもうな光が宿った。

「オンシュリマリ・ママリマリ・シュシュリ・ソワカ」

みぞおちのずっと奥《おく》のほうに、なにか熱い塊《かたまり》が生まれたのがわかった。

「オンシュリマリ・ママリマリ・シュシュリ・ソワカ」

象摩の真言に合わせるように、塊はどんどん大きくなっていく。

——火が……。おれの体の中に火がついたのか……。

「豪太郎さん！　豪太郎さん！」

迦楼羅がかけよってきて、おれの肩《かた》を抱《だ》いた。

「象摩《ぞうま》さん！　燃やすなら、わたしを燃やしてください！」

息苦しさと、自分がろうそくになる恐怖《きょうふ》とで、おれは迦楼羅の胸に頭をうずめていた。

「わたしの大事な人を燃やさないでください！」

迦楼羅は十センチと離《はな》れていないところで叫《さけ》んでいるのに、声が遠い。

迦楼羅を無視して続く、象摩の真言もひどく遠い。

「オンシュリマリ・ママリマリ・シュシュリ・ソワカ」

「お願いです！　真言を止めてください！　豪太郎さんを助けてください！」

半分泣き声の迦楼羅に、おれは狩衣《かりぎぬ》のえりをつかんで顔を寄せた。

「か、迦楼羅さん……」

「な、なんですか、豪太郎さん！　苦しいんですか？　しっかりしてください！」

「お、おれから、離れろ……」

「え？」

「あんたも……、燃えるぞ……。だから……、離れろ……」

「なにをいってるんですか。豪太郎さんを置いていくなんてこと、できません」

「いいから、行け……。いまのうちに、逃《に》げろ……」

「いやです。わたしは豪太郎さんから離れませんよ！」

「うるせえ！　早く行けっつってんのが、わからねえのか！」

ガシャーン！

どこかでガラスの割れる音がした。それから、

「うっ！」

と、うめき声が続く。

と同時に、胸《むね》の奥《おく》の燃えるような塊《かたまり》が、すうっと消えていった。

とつぜんもどった呼吸に、おれは体を折って、激しくせきこむ。

涙《なみだ》でかすむ視界の中に、とんでもない光景が見えた。

象摩《ぞうま》の首に、白い大蛇《だいじゃ》がかみついていた。

藤憑《とうびょう》だ。屋敷《やしき》の外で、障子の桟《さん》につまって、極太《ごくぶと》の体をくねらせていたあの藤憑が、いま象摩のうしろ首に牙《きば》をたてて、激しく頭をふっていた。

「う、うう……」

象摩はうめきながら、藤憑をひきはなそうと、その頭に両手をのばす。

持っていたアグニ神像の頭がまっすぐに床《ゆか》に落ち、派手な音をたててくだけ散る。

「ぐっ……。ど、どうして、藤憑が……」

「人を呪《のろ》わば穴二つ、です」

象摩《ぞうま》のまえに迦楼羅が立っていた。三メートルはあろうかという白い大蛇《だいじゃ》にひきたおされて、のたうつ象摩を、迦楼羅は冷たい目で見下ろしている。

「あなたはさっき豪太郎さんを見て、わたしの結界が藤憑《とうびょう》をはねかえしたと考えたようですが、それはまちがいです。わたしは呪詛返《じゅそがえ》しをしたのです。わたしの父の摩睺羅《まごら》が、あなたの父上の業摩《ごうま》さんを倒《たお》したのと、まったく同じ方法で」

「な、なんだと!」

「理由はわかりませんが、藤憑は不浄《ふじょう》のものをきらいます。そこで呪詛で遣《つか》わされた藤憑に屎《し》尿《にょう》をかけると、藤憑は怒《いか》りを藤憑遣いにむける――これが呪詛返しです。父の呪詛返しで、業摩さんは霊力《れいりょく》と記憶《きおく》を失ったそうですが、それは藤憑に『気』を食われたからでしょう。象摩さん、あなたもいまから同じ目にあいます」

「き、きさま、それを知っていて、おれのまえに現れたのか……」

「藤憑遣いのあなたが、それを知らなかったとは修行《しゅぎょう》がたりませんね。もっとも、藤憑があなたを襲《おそ》うより先に、人体発火の真言を唱えられたときは、わたしも焦《あせ》りましたが」

藤憑はなおも象摩の首に牙《きば》をたてたまま、うねうねと身をくねらせている。そのようすを迦楼羅はまゆを寄せて、しばらく見つめていたが、やがて、おれをふりかえった。

「豪太郎さん、歩けますか?」

「あ、ああ、おれはだいじょうぶだ。が、このまま、放っておいていいのか」

「人助けに使うべき霊力《れいりょく》を呪《のろ》いに使った報《むく》いです。そもそも、おそろしい方法で三人も殺《あや》めたのです。命があるだけよしと思ってもらいましょう」

おれの腕《うで》をかかえて立たせながら、迦楼羅は粉々にくだけたアグニ神像に視線を走らせる。

「陰陽師《おんみょうじ》としては興味がありましたが、でも、これでよかったのかもしれません……」

ためいきをつくと、行きましょう、おれの耳にささやいた。

「待て、迦楼羅……。妹について、知りたくないのか……」

迦楼羅の足がぴたりと止まった。おれも足を止めて、ふりかえる。

思わず息をのんだ。藤憑《とうびょう》の姿が消えていた。象摩《ぞうま》だけが、ひとり、うつぶせに倒《たお》れている。

——ど、どこへ行った……

が、迦楼羅は気にするでもなく、血相を変えて象摩につめよっていった。

「妹？　妹がなんだっていうんです！」

「妙子《たえこ》っていうんだろ？　双子《ふたご》なんだってな。おまえにそっくりだったぜ……」

双子の妹？　そんなものがいるとは聞いてなかったが。

それに、妙子というのは、識《しき》とかいう化け物につけた名前だったはず。

「親切な子だよな。いろんな情報を教えてくれたよ……。リーがアグニ神像を買おうとしていること、迦楼羅は寂《さび》しがり屋《や》で、四国へ修行《しゅぎょう》に行ってることも。ククク……」

「バカなことをいわないでください！　だいたい、なぜあなたが妙子を知ってるんです！」

「知ってるさ……。おまえはどうだ？　居場所を知りたいんじゃないのか？　ええ？」

土気色の顔で力なく笑う象摩《ぞうま》。その胸《むな》ぐらを迦楼羅がつかんで、激しくゆさぶる。

「どこですか！　妙子はいま、どこにいるんです！　教えてください！　教えろ！」

返事はなかった。

象摩は嘲《あざけ》るような笑《え》みを浮《う》かべたまま、すー、すー、と寝息《ねいき》をたてている。

完全に『気』を食われていた。

第二怪

京大光線

1 シンクロニシティ

「妹のこと、隠《かく》していたわけではないんです……」

暗い海に目を落としたまま、迦楼羅《かるら》は声を押《お》し出《だ》すようにつぶやいた。

「ただ、口にするのがつらかったというか……」

おれたちはいま、神戸港《こうべこう》の外れの突堤《とってい》に腰《こし》かけている。

リーの屋敷《やしき》からは、あのあとすぐに飛びだした。逃《に》げだした執事《しつじ》が、遠からず警察かアメリカ軍の関係者を連れてもどってくる。リーの死はその場に倒《たお》れている象摩《ぞうま》のしわざということになるだろうが、執事はおれたちの顔も見ている。

うろうろしていれば、めんどうにまきこまれかねない——と、人目を避《さ》けるようにして、あちこち歩きまわること一時間あまり。ようやく安全そうな場所を見つけたところだった。

「迦楼羅さん、そんなこと、気にするなよ」

むかいの桟橋《さんばし》で、ランプの明かりに縁取《ふちど》られた船が、波にゆれている。

「迦楼羅さんに妹がいようがいまいが、おれにはどうでもいいことだし、話したくないことは話さなくたっていいんだからさ」

「いいえ、お話しするべきだったんです。象摩《ぞうま》がいったこと、聞いたでしょう？　豪太郎《ごうたろう》さんをまきこんだこんどの事件には、妙子《たえこ》は最初から関わっていたんです」

「それはわかんねえぞ。迦楼羅さんを苦しめるための、はったりかもしれねえだろ」

ほんとうにそうなら、象摩もたいしたもんだとも思う。藤憑《とうびょう》に気を食われ、霊能力《れいのうりょく》も記憶《きおく》を失うとわかっていながら、最後の最後にあの〈ほのめかし〉。迦楼羅にダメージを与《あた》えるのに、あれ以上のタイミングはない。

「いいえ、象摩はうそはいっていないと思います」

迦楼羅は、ゆらめく波にむかってきっぱりといった。

「象摩と妙子のあいだに接点があってもおかしくはありませんから」

「接点って、いったいどこで？」

「わかりません。妙子の居所もわかりませんから」

「……どういうことだ？」

「出ていったんです。父の失踪後《しっそうご》、ほどなく。わたしにはなにもいわず、なんのそぶりも見せずに……」

湿《しめ》った夜気を、長い汽笛がひとつ、切《き》り裂《さ》いていく。そのこだまを追いかけるように、迦楼羅は語り出した。

妙子とわたしは、双子《ふたご》の兄妹《きょうだい》です。

もともと仲はいいほうでしたが、昭和二十年、七歳《さい》のとき、空襲《くうしゅう》で母を亡《な》くしてから、そのきずなはさらに強まりました。

当時、父は兵隊に行っていましたが、親切な信者さんたちが交代でめんどうをみてくださったり、戦後は遠い親戚《しんせき》の家に預けられたりしたおかげで、豪太郎さんのような戦災孤児《せんさいこじ》としての苦労はせずにすみました。それでも、子どもふたりだけの生活は心細いもの。自然とおたがい助け合うようになったわけです。

それに父が帰ってきたのは戦後八年もたってからです。高校生になっていたわたしたちの関係は、兄妹というより、生きていくのにかけがえのない相棒になっていました。

わたしとちがって、妙子は勉強がよくできました。特に英語が得意で、高校生になったころには、外国の心霊現象《しんれいげんしょう》を研究した本もすらすらと読めるほどでした。わたし、ＳＨＣについて、いろいろ語りましたが、ほとんどが妙子に教えてもらったものです。

絵も好きで、特に風景画が上手でした。おもしろいのは、本人は想像で描《えが》いているのに、旅から帰ってきた父が、絵を見るなり、これは広島《ひろしま》、これは名古屋《なごや》と、当てることでした。それぐらい実際の場所そっくりに、写実的に描《えが》くことができるんです。

『行ったこともない場所を見てきたように描けるなんて、まるで霊能者《れいのうしゃ》みたいだね』

わたしは一度、そういったことがあります。でも、妙子は笑うばかりで、陰陽道《おんみょうどう》にはまったく興味をしめしませんでしたが。父も、そのことでは、なにもいってませんでした。

そんな妙子が、一年半まえ、とつぜん、姿を消しました。父が失踪《しっそう》して、十日もたたないころのことです。

家出だということはすぐにわかりました。カバンと身のまわりのものがなくなっていましたから。ただ、理由がはっきりしませんでした。書き置きもなければ、特に変わったそぶりもありませんでした。

強《し》いて思いあたることといえば、わたしの態度です。丸亀《まるがめ》の修円《しゅうえん》さんから父が失踪したと連絡《れんらく》があったあと、妙子とわたしは、どうすべきかについて話し合いました。

『東海寺《とうかいじ》を再興したい』

わたしはそういいました。

『信者さんたちは、孤児《こじ》同然のわたしたちのめんどうまでみてくれたうえに、よその拝み屋へ流れもせず、東海寺を待っていてくれたんだ。その恩返し、そして期待に応えたい。そのためにも、いますぐにも修行《しゅぎょう》の旅に出たいと思う。一日でも早く一人前の陰陽師《おんみょうじ》になって、東海寺をたてなおしたいんだよ』

妙子はだまって聞いていました。諸手《もろて》を挙げて賛成したわけではありませんが、反対もしませんでした。でも、心の底では、わたしに不満を持っていたのかもしれません。

なぜすぐに父を探さないのか、と。

もしかしたら、ひとりで父を探す旅に出たのかもしれません。

兄がたよりにならないなら、自分が、と。

でも、いったいどうやって父を探すというのでしょうか。それに妙子はまだ十七歳《さい》の少女です。あてどもないひとり旅など続けられるものではありません。

いま、どこでなにをしているのか。そもそも、生きているのかどうか。

考えただけで胸がはりさけそうになります。

識《しき》に妹の名前をつけたのも、そのためです。いい年をして、と笑われそうですが、せめて識を『妙子』と呼ぶことで、不安とさびしさとをまぎらわせているんです。

「別に笑いはしねえよ」

暗い海を見つめたまま動かない迦楼羅に、おれは声をかけた。

「というか、うらやましいよ。ひとりがつらいとか、さびしいっていう気持ち、おれにはわからねえからな。迦楼羅さんがおれのことを〈相棒〉って呼んでくれたときも不思議な気分だったし。なるほどな、そんな妹さんと生きぬいてきたなら、だれかがそばにいないとたまらないわけだ」

「豪太郎さん……」

「とにかく、こうなったら、なんとしても妹さんを探さなくちゃいけねえな。〈生きていくのにかけがえのない相棒〉ってことは、おれなんかよりずっとたいせつなんだろうから」

口にした瞬間《しゅんかん》、しまったと思った。

なんで、こんないいかたをしたんだろう？　他意はない。あるわけがない。が、聞きようによっちゃ、まるで妹にやきもちをやいているように聞こえる……。

「そんな！　豪太郎さんも、〈生きていくのに欠かせない相棒〉ですよ！」

恐《おそ》れたとおり、迦楼羅は誤解したようだった。

「自分でも不思議なんです。たったの一日、二日で、こんなにもたよりになって、たいせつに思える間柄《あいだがら》になれるなんて、生まれて初めてのことで……」

「いや、そういう意味じゃないんだって！　おれがいいたいのは……」

おれは潮まじりの夜気をかきまわすかのように、ぶんぶん両手をふりまわした。

「新しい相棒は、迦楼羅さんに悲しそうな顔をさせちゃいけねえだろってことで……」

「豪太郎さん……」

迦楼羅がおれをじっと見つめていた。大きく見開かれた切れ長の目が、船のランプとゆらめく波にきらめいている。

「なんつうか、おれも、あんたのこと、ほっとけないんだよ。おかしな縁《えん》でつながったあんただけど、いつも笑っててほしいって、そう思えてならねえんだ。そのためには、なんでもしてやらなくちゃってな」

迦楼羅の瞳《ひとみ》がゆれていた。半開きになった薄桃色《うすももいろ》の唇《くちびる》と、とがったあごも、小刻みにふるえている。

迦楼羅はなにもいわなかった。言葉の代わりにおれの肩《かた》に頭を乗せた。

おれも返事の代わりに、迦楼羅の肩を抱《だ》いた。

長い汽笛がまたひとつ、夜の港をわたっていった。

★

「しかし、偶然《ぐうぜん》っていうのは、おもしれえもんだな……」

どれくらい時間がたっただろう。迦楼羅とおれは同じ姿勢のまま、暗い海を眺《なが》め続《つづ》けていた。

「なにがおもしろいんですか?」

迦楼羅がうっとりとつぶやく。

「迦楼羅さんの妹の話で思いだしたんだがな、例の芥川龍之介《あくたがわりゅうのすけ》の『アグニの神《かみ》』って童話。そこにも、『妙子』って少女が登場するんだよ」

「なんですって!」

ぎょっと顔をあげた迦楼羅の体が、勢いあまって突堤《とってい》から滑《すべ》り落《お》ちかける。あわててその腰《こし》を抱《だ》きとめたが、迦楼羅はなにごともなかったかのように、顔を寄せてきた。

「教えてください! どんなふうに登場するんです!」

「お、落ちつけよ、いま話してやるから」

なだめながら、まえに話したのは、アメリカ人の占《うらな》いの依頼《いらい》をインド人の婆《ばあ》さんがひきうけたところまでだったことを、迦楼羅に確認《かくにん》する。

「そのあと、占いをするのは明日と決めて、婆さんはアメリカ人をいったん帰すんだ。それから、婆さんは同居している恵蓮《えれん》という少女を呼びつける。じつは、占いというのは、この少女にアグニの神を乗りうつらせ、その託宣《たくせん》を聞くというものなんだ」

「依《よ》り代《しろ》ですね! 死んだ人の霊《れい》を降ろすのは霊媒《れいばい》といいますが、神降ろしの場合は依り代っていうんです。神社の巫女《みこ》も、もともとは神に憑依《ひょうい》される依《よ》り代《しろ》なんですよ」

「だが、恵蓮の正体は、香港《ホンコン》駐在《ちゅうざい》の日本領事の娘《むすめ》『妙子』。婆《ばあ》さんにさらわれて、いやいやアグニの神の依り代をやらされていたんだ」

「つまり、妙子は自分の霊能力《れいのうりょく》に気づいていず、一方、インド人のお婆さんにはわかっていた。ええ、そういうことって、よくあるんですよ！」

「迦楼羅さん、ちょっとだまって聞いててくれねえか」

興奮ぎみの迦楼羅を、おれは、ひとにらみして、だまらせた。

「さて、そんな婆さんの家を見上げる日本人の男がいた。領事の部下で、妙子の行方《ゆくえ》を追っていたんだ。男はそこに娘がいるとにらんで、ピストルを手に踏《ふ》みこむ。ところが……」

婆さんがおかしな声をたてたとたん、男の手からピストルがぽろりとこぼれ落ちる。驚《おどろ》いた男が素手《すで》でつかみかかると、婆さん、こんどはほうきでゴミを掃《は》きかける。すると、ゴミは火花に変わり、男の顔を焼かんばかりにふりそそぐ。

「すごい、インド人の婆さんは魔法使《まほうつか》いだったんですね！　それで、どうなるんです？」

男が逃《に》げていくのを見て、妙子は最後の手段に出る。アグニの神が憑依《ひょうい》したふりをして、自分を親元へ帰すようにと、託宣《たくせん》を下すのだ。が、相手は魔法使い、かんたんにはだまされない。逆に激高して、妙子を殺そうとナイフをふりあげる。

「ぎゃあっという悲鳴に、男がかけもどり、戸を蹴破《けやぶ》って家に踏みこむ。すると、胸元《むなもと》にナイフをつきたてて死んでいたのは、インド人の婆《ばあ》さん。妙子は気絶していたが、意識を取りもどしても、自分が婆さんを殺したとは思っていない。つまり……」

「憑依《ひょうい》したアグニが婆さんを殺したんですね！　すごい！　真に迫《せま》った話ですね！」

「そうか？　おれは、芥川龍之介みたいな有名作家でも、こんなつまらない話を書くのかと驚《おどろ》いたけどな。『杜子春《とししゅん》』や『蜘蛛《くも》の糸《いと》』に比べたら、相当出来が悪いぞ」

だいたい説明がたりない。アグニとはどんな神なのか、なぜアグニを憑依させるのか、上海《シャンハイ》が舞台《ぶたい》なのに、香港領事の娘《むすめ》になぜ目をつけ、いつ、どうやってさらってきたのか。

なにより納得《なっとく》いかないのは、妙子がニセの託宣《たくせん》をするという作戦だ。なぜそれが最後の手段なのか。もっと早く思いついたっていいはずなのに。

「こんなつまらない話、わざわざするつもりはなかったんだが、妙子って名前といい、アグニの神に上海といい、偶然《ぐうぜん》とはいえ、不思議だなと思ってさ」

「偶然じゃありませんね」

「え？」

「偶然のように見えますが、これはシンクロニシティです」

「シ、シンクロ……？」

「シンクロニシティ！　二、三年まえに、スイスの心理学者カール・グスタフ・ユングによって発表されたばかりの研究で、ユングは『非因果的連関の原理としての共時性』と呼んでいます。わかりやすくいえば、〈意味のある偶然《ぐうぜん》の一致《いっち》〉です」

「いや、ぜんぜんわかんねえが……」

「たとえばですね、拝み屋をやっているとよく聞く話があるんですが……」

風もないのに、お婆《ばあ》さんの写真を入れていた写真立てが、ぱたっと倒《たお》れる。あれっと思っていると、そのお婆さんが亡《な》くなったという連絡《れんらく》が入り、事情を聞くうち、息を引き取ったのは、写真立てが倒れた時刻のころらしいとわかる。

「こんなふうに、別々の場所で起きた、関係がなさそうに思える出来事が、実はつながっているというのが、シンクロニシティなんです」

つまり、写真立てが倒れたのは死の知らせだったと考えるわけか。そういうことなら、わざわざ横文字を使わなくても、日本には〈虫の知らせ〉っていう立派な言葉がある。

「で、おれたちの場合、どこが、そのシンなんとかってやつなんだ？」

「すべてですよ！」

迦楼羅の顔は、夜目にもはっきりとわかるほど、興奮で赤く染まっている。

「考えてもみてください。芥川龍之介の童話にくわしいヤクザさんなんて、そうはいないはずです。それがよりによって、わたしの結界《けっかい》の中にころがりこんだんですから！」

「ちょっと待て。おれが迦楼羅さんに近づくことになったのは、象摩《ぞうま》が仕掛《しか》けたわなのせいだぞ。そこは偶然《ぐうぜん》でもなんでもない……」

「いいえ、象摩が豪太郎さんをおとりに選んだこと自体がシンクロニシティなんです」

「どうして？」

「象摩のねらいはわたしでした。そのためにおとりが必要だったわけですが、それが豪太郎さんでなければならない必然性があったでしょうか？　ありません。丸亀《まるがめ》の飲み屋さんで、偶然、目にとまったヤクザさんが豪太郎さんだったというだけです」

「ま、まあ、そうだが……」

「ところが、その豪太郎さんが『アグニの神』について知っていて、おかげで、ちぎれた英語のメモを読み解くことができ、神戸のリー氏のもとにたどりついた。まさに意味のある偶然の一致《いっち》じゃありませんか！」

そうだろうか。おれには、こじつけのようにしか聞こえないが……。

「『アグニの神』の中での『妙子』のふるまいもシンクロニシティでしょう」

「童話の中身にも意味があるっていうのか？」

「もちろんです。妹の手がかりがなにひとつ得られないのは、童話の中の『妙子』のように、どこかでとらわれの身になっているからかもしれません。そしていま、豪太郎さんが『アグニの神』の話をしてくれた――これはいまこそ妙子を探しに行くときだということです！」

あきれてものがいえなかった。よくもまあ、ここまで自分に都合よく話をつなげるものだ。ほとんど妄想《もうそう》といってもいい。

とはいえ、妹のことで必死の迦楼羅には、理屈《りくつ》は通らない。目をさまさせるには、都合の悪い現実をつきつけるのがいちばんだろう。

「迦楼羅さん、探すのはいいが、いったいどこへ行くつもりだ？ いや、仮に居場所がわかったとしてもだ、移動には、世の中、金ってものが必要なんだぜ」

おれは、ズボンの右ポケットに手をつっこんだ。中から出てきたのは、百円札が一枚に、五十円札が二枚、あとは小銭《こぜに》だけ。

そりゃそうだ。高松《たかまつ》から神戸までの運賃で所持金の多くを使っちまったのだから。

もちろん左ポケットには二千ドル入っているが、よそ者のヤクザが、神戸でグリーンマネーを換金《かんきん》したとなれば、目立つことこのうえない。事件に関わった身としてはそれは避《さ》けたかった。

「迦楼羅さんが持っている金と合わせたって、西は姫路《ひめじ》、東は京都がせいぜいだぜ」

「京都ですって⁉」

迦楼羅がバネ仕掛《じか》けの人形みたいに立ちあがった。

「豪太郎さん！　今日は何日でしたっけ？」

「え？　たしか、十一月二十日、いや、もう二十一日になったころかもしれねえが……」

迦楼羅の顔いっぱいに、バラのような笑《え》みが広がっていく。

「やっぱり！　ああ、すべてがシンクロニシティだったんです！」

あっけにとられるおれの手に、細い指がからまる。と、次の瞬間《しゅんかん》、おれの体は想像もつかないバカ力でひっぱりあげられていた。

「東寺《とうじ》へ行きましょう！」

〈2〉千里眼の女

　京都駅に降りたったのは午前五時半。

　まだ日は出ていなかったが、すでに街は目覚めていた。冷え切った藍色《あいいろ》の空気の中を、背をまるめた人々が、白い息を吐《は》きながら行きかっている。

　みな眠《ねむ》そうな目をしているが、おれたちとすれちがいざま、ぎょっとふりかえるのは、迦楼羅《かるら》の狩衣《かりぎぬ》のせいだった。まる二日着続けているせいか、布地が見るからにくたくたになっているが、二藍《ふたあい》とかいう、あざやかな赤紫色《あかむらさきいろ》はあせてはいない。

「ほら、五重塔《ごじゅうのとう》が見えるでしょう？　あれが東寺《とうじ》ですよ！」

　迦楼羅は早足で細い路地をぬけていく。なぜ、京都の東寺へ来ることにしたのか。それについては汽車の中で、かみあわない問答がくり広げられてきた。

『毎月二十一日は東寺の縁日《えんにち》なんです。たくさんの屋台が出るのはもちろんなんですが、特に骨董市《こっとういち》としてとても有名なので、京都はもちろん、近隣《きんりん》の街からたくさん人が集まってくるんですよ。だから、そこで占《うらな》いの店をやれば、お金を稼《かせ》げると思うんです』

『まあ、たしかに道ばたでやるよりは、人が集まる縁日《えんにち》のほうが稼ぎやすいというのはわかるぜ。でも、それのどこがシンクロニシティなんだ?』

『東寺は、平安時代に空海《くうかい》が開いたお寺なんです』

『それって、例の遍路《へんろ》の菅笠《すげがさ》に書いてあった、同行二人《どうぎょうににん》の弘法大師《こうぼうだいし》のことか?』

『はい。その弘法大師が亡《な》くなったのが三月二十一日で、それにちなんで毎月二十一日は東寺の縁日となったわけです』

『〝わけです〟って、それのどこがシンクロニシティなのかって、聞いてんだが?』

『空海が開いた仏教を真言宗《しんごんしゅう》といいますが、それは密教《みっきょう》といって、陰陽道《おんみょうどう》や拝み屋と関係がとても深いんです。わたしたちが駆使《くし》する呪法《じゅほう》の中にも、密教系のものが多いんですよ』

『……それで?』

『まだわかりませんか?』

『ぜんぜん』

『日付は二十一日。それはお大師さんの月命日《つきめいにち》。お大師さんは拝み屋にとって大事なお方。そのお大師さんのお寺の京都の東寺で縁日がある。わたしたちは金欠でも、京都に行くだけのお金はある。じゃあそこで稼げるかも。どうです? 意味のある偶然《ぐうぜん》の一致《いっち》でしょう!』

ものはいいようだな――いままでのおれなら、そう切り返していただろう。

だが迦楼羅にはいえなかった。この美少年が起こしたありえない出来事を何度も目撃《もくげき》したせいもある。が、それ以上に、迦楼羅の言葉にこもった〝熱〟に圧倒《あっとう》された。

『この調子なら、京都で妙子《たえこ》に会えるかもしれません。少なくとも、有力な情報は得られるはずです。だってシンクロニシティですから！』

迦楼羅は信じたがっている。意味のある偶然《ぐうぜん》の一致《いっち》だと、霊能者《れいのうしゃ》として信じているより、そうであってほしいと、兄として自分にいいきかせているのだ。

だが、世の中、熱い思いだけでわたれるほど甘《あま》くはない。現実ってものがあることを、迦楼羅はわかっているのだろうか。

「見てください、豪太郎《ごうたろう》さん。まだ暗いのにお店を出す人でいっぱいですよ！」

迦楼羅が声をはずませている。

「これは場所取りがたいへんそうだなぁ。豪太郎さん、占《うらな》いをやるならどこがいいと思いますか？」

やっぱりわかってなかったか。だったら、しかたない。迦楼羅に現実を教え、迦楼羅の想《おも》いをできるだけ実現させてやるのが、おれの役目ってことだ。

「なあ、迦楼羅さん。縁日《えんにち》で店を出す場所は、自分じゃ勝手に決められないんだよ」

祭りの場や人の多い盛り場《さかば》に露店《ろてん》を出す者をテキ屋というが、それは「当たればもうかる」＝「的屋《まとや》」になぞらえて呼ばれるようになったといわれている。

「聞いた話じゃ、テキ屋は、迦楼羅さんがやってる陰陽道《おんみょうどう》と同じ、平安時代からあるらしい。だから、おれに陰陽道がわからねえように、テキ屋にも素人《しろうと》にはわからねえ決まりがあるんだ」

露店を出す場所全体を『庭場《にわば》』という。そして、そこで営業をするには『庭場の親分』のもとに行かなければならない。

もともと縁日《えんにち》は、寺や神社の修理の費用を稼《かせ》ぐために始まった。そこで、売り上げの何割かをもらう約束で、寺や神社は商売の権利をわたす。その相手が庭場の親分なのだ。

「だから、庭場の親分は庭場のどこに店を出すかを決める『テイタ割《わ》り』の権限を持っている。といって、親分もただいばってるわけじゃない。同じ庭場でも商売にいい場所もあれば悪い場所もあるし、同じ商売がならんでもまずい。それをもめごとが起きないよう仕切るだけの力量が必要とされるんだよ」

「へえ～！　さすがは極道《ごくどう》、くわしいですね～！」

ほめられて悪い気はしない。が、こんなほめられ方は初めてなので調子がくるう。

「いっとくが、ヤクザとテキ屋は別だぞ」

「え？　そうなんですか？　だって親分がえらいんでしょう？」

「ヤクザは、もともと博打《ばくち》や博打を主催《しゅさい》する無法者から生まれたのに対して、テキ屋は『神農《しんのう》』ともいって、農業とか薬なんかに関係があるらしい。祀《まつ》る神様だってちがう。ヤクザは『天照大神《あまてらすおおみかみ》』、テキ屋は『神農黄帝《しんのうこうてい》』っていう中国の神様だ」

「すごい！」

なにがすごいのかわからないが、迦楼羅は目をきらきらさせながらおれを見つめている。

「まあ、庭場でもめごとが起きると、親分の若《わか》い衆が体をはってでもおさめるから、ヤクザっぽく見えるところもあるけどな」

とにかくそういうわけで、勝手に露店《ろてん》なんか出そうものなら、とんでもないことになる。

「迦楼羅さん、ちょっとここで待っててくれ。親分と話をつけてくるから」

そういって、さっそうと歩きだしたおれだったが、内心はドキドキだった。

この東寺という寺、どう見ても由緒《ゆいしょ》がありすぎるほどありそうだ。縁日《えんにち》の歴史も五年、十年なんてもんじゃないだろう。新参者《しんざんもの》を相手にしてくれそうにはとても思えない。

だいたいテイタ割りはきのうのうちに終わっているはずだ。当日の朝になって、場所を貸してほしいなど、鼻であしらわれるのがオチだ。

——だが、迦楼羅さんをがっかりさせたくねえし……。

庭場の親分から返ってきたのは予想どおりの反応だった。

「ショバがほしいやと？」

日焼けした雪だるまのような親分が、ぽかんと口を開けた。

「無茶いってるってことはわかってるんですよ。ただ、こっちにもちょっと事情がありまして、なんとか……」

日焼けした雪だるまの目が、急に鋭《するど》くなった。

「おまえ、関東の者やな。あかん、あかん。組に絶縁《ぜつえん》された者に商売させられん。なにかあったら、ことやからな」

絶縁というのは、組に迷惑《めいわく》をかけたことで追い出されることをいう。テキ屋がヤクザを受け入れることはあるが、それはふつう、円満に組から離《はな》れた者だけだ。

もちろん、おれは不始末で追い出されたわけじゃない。が、円満にぬけたわけでもないから同じことだ。

——しかたない。これを使うか。

「親分さん、そこを曲げておたのみできませんか」

いいながら、野球のグラブのような手に札を一枚、にぎらせる。

札の感触《かんしょく》に、ゲジゲジのようなまゆがぴくりと動いた。札が緑色をしているのに気づいて、まゆは逆ハの字になり、それが百ドル札だと気づくと、ハの字になった。

「あ、あんた、これ……」

「本物のグリーンマネーです。一ドル＝四百円で換金《かんきん》できると思います」

つまり、この一枚で四万円。さっきのうどんの屋台には、一杯四十円と書いてあったから、千杯分《ばいぶん》ということになる。

「そういわれてもなぁ、いいところはもうあんまり残ってないで」

親分の鼻がひくひくと動きだした。

「で、バイはなんや？」

バイというのは商売という意味だ。

「ロクマです」

これはテキ屋の隠語《いんご》で占《うらな》い師《し》のこと。

親分はふんと鼻をならすと、板に貼《は》った紙をおれに見せた。

「ここなら、ええで。となりも似たようなバイやが、文句をいわんといてや」

「このご恩は忘れません。で、親分。できればもうひとつお願いが……」

おれはうやうやしく頭を下げると、百ドル札をもう一枚、親分の手に押《お》しつけた。

★

「豪太郎さん、そんなもの、いったいどこで見つけてきたんですか？」

机と椅子《いす》をかかえてもどってきたおれの姿に、迦楼羅は飛び上がった。

「親分に借りた。おせじにもきれいとはいえねえが、地べたでやるよりいいだろ」

いまにもこわれそうな机と椅子が、うどん千杯分《ばいぶん》だとはいわなかった。

「白い布も借りてきた。紙もな。布で机をおおって、『占《うらな》い』とか札をたてりゃ、その狩衣姿《かりぎぬすがた》もあるし、それっぽくなるはずだ」

「ああ、やっぱり豪太郎さんです！　豪太郎さんがいなかったら、わたし、なにもできなかったでしょう。やっぱりシンクロニシティですよ！」

――いうと思ったぜ。

心の中で笑いながら、親分に指示された場所へむかう。

親分の言葉にうそはなかった。親分に見せられた図では、東寺の北のはしのように見えたが、実際に行ってみると、東寺の境内《けいだい》からは完全に外れた路地だった。

二階建ての長屋のような民家がひっそりとたちならんでいる。おれたちに割り当てられたのは、小さな文房具店《ぶんぼうぐてん》のまえだ。

「マジかよ。これじゃあ商売にならねえぞ……」

思わずつぶやいたとき、となりからかんだかい声が飛んできた。

「稼《かせ》ぎは腕次第《うでしだい》だよ。場所のせいにするぐらいなら、やめちまいな」

「なんだとぉ？」

ふりかえると、腕組みをした若い女が立っていた。

ころっとした体を、足首まで隠《かく》れる真っ赤なロングドレスで包んでいる。胸まわり、袖《そで》、スカートと、あらゆるところにひらひらがついて、ぱっと見はいいとこのお嬢《じょう》さんのようだが、ドレスの生地《きじ》はてかてかの安物。どう見ても見世物小屋の衣装《いしょう》としか思えない。

「泣き言をいうようなやつがとなりにいちゃ、こっちの景気まで悪くなるんだよ。文句があるなら、どっか行っとくれ」

おちょぼ口から、ぽんぽんと威勢《いせい》のいい言葉が飛びだしてくる。これが男だったらだまっちゃいないが、相手は女、というより小娘《こむすめ》だ。むきになれば、こっちの男がすたる。

「ずいぶんと元気がいいねえちゃんだな。どうした？　サーカスから逃《に》げてきたのか？」

からかい半分にいいながら、露店《ろてん》に目を走らせる。が、看板もなければ、のぼりもない。折りたたみの机と椅子《いす》だけという、なんとも質素なたたずまいだ。

──まさか、おれたちと同じ占《うらな》い師《し》か？

テイタ割りで同業者をならべないのは鉄則だが、なにしろあとから無理にねじこんだから、そんなことになったのかもしれない。たぶんこの女もそれが気にくわないのだろう。

と思っていたら、女が足もとから大きな筒《つつ》を取りだすと、ぽんと机の上に置いた。

〈池田《いけだ》小春《こはる》の千里眼　どんなことでもお見通し！〉

「なんだ、これ？」

思わず言葉をもらすと、ドーランを塗《ぬ》りたくった真っ白な顔が、きっとこっちをにらんだ。

「あんた、学校行ってねえだろ。これは『せんりがん』って読むの。わかった？」

くそっ。下手に出てればいい気になりやがって……。

「それぐらいは読めらあ！　千里眼ってのはなんなんだって聞いてんだよ！」

そのとたん、毒々しいまでに赤い唇《くちびる》が、にやりとゆがんだ。

「知りたいなら、そこにお座《すわ》りよ」

細い指が、机のまえのまるいパイプ椅子《いす》を指さしている。おれは自分でも不思議なほど、素直《すなお》に腰《こし》をおろしていた。

「あたしには、人の心の中をのぞき見る力があります」

急にまじめな口調になったかと思うと、小春とかいう女は、おれの真正面に座った。

口の悪さのせいで気づかなかったが、こうして一メートルとない距離《きょり》から見ると、目のぱっちりとしたタヌキ顔が意外にかわいい。

「これから、それを証明してご覧に入れましょう」

いつのまにか、机の上に木の板がつみあげてあった。軽く十枚以上はある。大きさは本を広げたぐらい。そこに漢字が規則正しく十二文字ならんでいる。ただし、板ごとに、書かれた漢字は異なっているようだ。たとえば、いちばん上の板には……。

二枚目の板には。

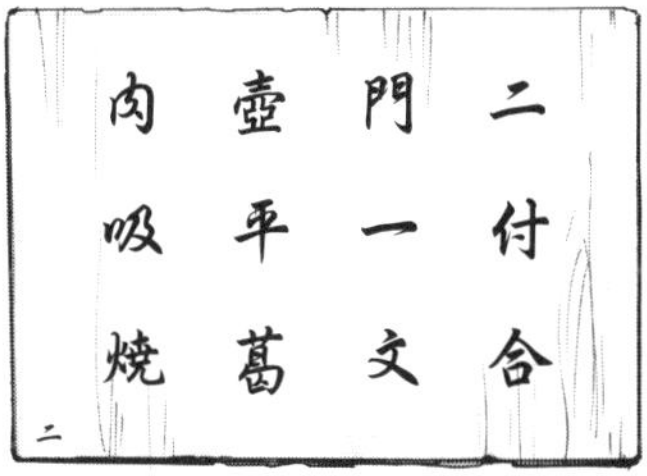

「板は十二枚。つまり全部で百四十四の漢字があります。そこから好きな漢字をひとつ選んでください。それをわたしが当ててご覧に入れます。うまく当たれば百五十円いただきます！」

「え？　金を取るのかよ」

小春のこめかみが、ぴくっと動いた。白塗《しろぬ》りがひびわれるかと思ったほどだ。

「あたりまえだろ。こっちはこれが商売なんだから。それに外れたら、こっちが百五十円払《はら》うんだ。フェアな勝負だろ？」

なんだかまんまとのせられたような気がする。が、千里眼というのがどんなものなのか、興味のほうが強かった。

「わかったよ」

にんまりとする小春をよそに、板をめくっていく。そうして、十二枚の板をひととおり眺《なが》めると、もとのようにつみあげた。漢字はもう選んでいた。上から五枚目にこんな漢字がならんでいた。

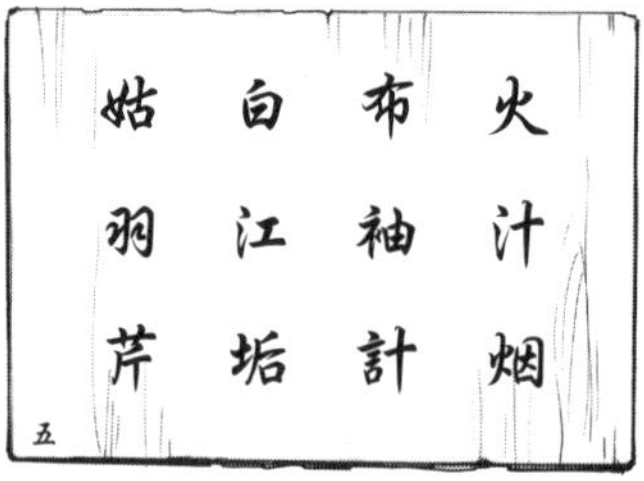

おれが選んだのは『計』の字だった。
「よし、いいぜ」
板を返すと、小春はそれをほかの板と合わせてしまう。が、下からまた同じような板の束を出してきた。

「では、この十二枚の中から、あなたが選んだ漢字の入っている板を選んでください」

「……なんだと？　それって、候補を十二個にしぼってることじゃねえか」

「うるさいなぁ。いいから早く選べって」

小春が板の束を押《お》しつけてくる。しかたなくめくりながら、おれも考え直した。まえよりは当たりやすくなったとはいえ、それでも十二分の一だ。博打《ばくち》なら、まず賭《か》けない確率だ。

「これだ」

おれは小春に板をつきつけた。

小春は丸い目をぎゅっとつぶると、板の上に両手をかざす。それから、たき火に当たるかのよ

うに、宙で手をもみながら、なにやらぶつぶつとつぶやきはじめた。

「オン・キリ・ギャク・ウンソワカ。オン・キリ・ギャク・ウンソワカ」

おれには、でたらめな呪文《じゅもん》にしか聞こえないが、それまで我関せずという態度だった迦楼羅が、驚《おどろ》いたように顔をあげているところを見ると、本物の真言《しんごん》なのかもしれない。

「オン・キリ・ギャク・ウンソワカ！」

ひときわ大きな声をあげると、小春がかっと目を見開いた。

「あなたが選んだのは、『計』ですね！」

「ど、どうして……」

小春がにんまりとして、右手をのばす。

「はい、百五十円」

おれは、しぶしぶポケットに手をつっこんだ。いまとなっては、文字どおりなけなしの金だが、約束だから、潔《いさぎよ》く百五十円払《はら》うしかない。

「だけど、いったいどうやって当てたんだ？　なんか仕掛《しか》けがあるのか？」

タヌキ顔からみるみる笑《え》みが消えていく。

「仕掛けなんかねえよ。ここに書いてあんだろ？〈池田小春の千里眼　どんなことでもお見通し！〉って」

「いや、だけど……」

「つうか、ちょっとどいてくんねえ？　お客さんが待ってるんだけど」

ふりかえって、驚《おどろ》いた。ハンチング帽《ぼう》をかぶった若い男がおれのうしろに立っている。しかも、そのうしろにもうひとり。

気づけば、遠くの境内《けいだい》からはざわめきも聞こえてくる。

いつのまにか、弘法大師《こうぼうだいし》の縁日《えんにち》が始まっていた。

3 透視《とうし》

「おおっ、当たった！」

男の声に、人垣《ひとがき》から歓声《かんせい》と拍手《はくしゅ》があがる。

「はい、お次はだれですか？　小春《こはる》がなんでも透視しちゃうよ！」

「おれだ！」

「待てや！　おれが先やろ！」

小春のまえのパイプ椅子《いす》を若い男たちが取りあっている。

「ちっ。透視ができるんなら、どっちが先か、教えてやりゃいいんじゃねえか」

舌うちするおれを、迦楼羅《かるら》がくすくす笑う。

「小春さんのご商売、人気なようでよかったです。ああいう見世物は、サクラが驚《おどろ》いてみせないことには、人が集まらないものなんですが、その点、豪太郎《ごうたろう》さんは最高でした。だって、心から驚いていたでしょう？　あれ以上のサクラはありません」

つまり、おれは小春に利用されたというわけだ。

「でも迦楼羅さん、見世物ってからには、やっぱり仕掛《しか》けがあるんだろ？」

「さあ、わたしの口からはなんとも。なんにせよ、小春さん、よくやってますよ。特に木の板を使った千里眼のあとで、金属透視術《きんぞくとうしじゅつ》をやってみせるというのがいいです」

金属透視術というのは、客に漢字を一文字、紙に書かせて、小春の目に触《ふ》れないように金属の箱にしまい、それを小春が箱の外から透視して当てるというものだ。

「木の板の千里眼術は素人目《しろうとめ》にも仕掛けがありそうに思えますからね。そのあとで、しくみが単純な金属透視術を見せると、よけいにすごい感じがするんです。手際《てぎわ》も堂に入ってるし、フーディーニでもなければ、あの仕掛けは見破れないでしょう」

フーディーニ？　だれだ、それ？　っていうか、やっぱり種も仕掛けもあるんだな。

「それより、豪太郎さん。わたしたちのほうは、さっぱりですねえ……」

そう、それが大問題だった。さっきからひとりとして客が寄りつかない。小春の千里眼が大流行なぶん、かえって立ち寄りにくいのかもしれない。

「こうなったら、呼びこみでもすっか」

おれは、机のうしろから路地に出ると、声をはりあげた。

「占《うらな》いはいかがっすか？　占いだよ！　失《う》せ物《もの》探し、たずね人探し、男運、女運、金運まで、なんでも占《うらな》うよ！　あ、そこのねえさん、占いやってかない？」

「きゃあ！」

女の悲鳴があがった。といって、おれの客引きをいやがったわけじゃない。悲鳴があがったのは、小春の露店《ろてん》からだ。

「いいから、その箱をこっちによこせってんだ！」

ドスのきいた男の声に、露店をかこむ人垣《ひとがき》がゆれる。もめごとが起きているのは明らかだ。

「なんで、あんたに見せなきゃいけないんだよ！」

「超能力《ちょうのうりょく》があるなら、見せたってええやろ！　見せられんということは、箱に仕掛《しか》けがあるってことや。さあ、どうする？　箱を見せるか、金を返すか、どっちか選び！」

なにが起きたのか、だいたいわかった。小春に百五十円取られた男が、いちゃもんをつけているのだ。ただのくやしがりなのか、ケチなチンピラが難癖《なんくせ》をつけていくらか巻きあげようとしてるのか、とにかく、ここはおれがおさめるしかない。

そう心に決めたとき、人垣のむこうで声がした。

「まあまあ、お客さん、そんなに怒《おこ》らないでください」

「なんだ、あんたは？」

「わたしはしがない占い師です。となりで占いをしておりましたが、お客さんが誤解をなさっているようなので、見かねて口を出させていただこうと、こう思いまして、はい」

あわてて人垣《ひとがき》をかきわけていくと、思ったとおり、折りたたみの机のむこうに、赤紫《あかむらさき》の狩衣《かりぎぬ》を着た美少年が立っていた。そのとなりで小春が、机のむこうからは角刈《かくが》りの男が、あっけにとられたように迦楼羅を見上げている。

「小春さんの千里眼は本物です。ただ、ひとりでやると、どうしても仕掛《しか》けがあるように思われがちなのです。そこでどうでしょう、わたしにお手伝いをさせていただけませんか？」

迦楼羅がぐるりと人垣を見まわした。

「ここに紙と封筒《ふうとう》があります。これを、十人の方におわたしします」

――あんなもの、いったいどこで……。

が、うしろの看板で思いだした。おれたちの店は文房具屋《ぶんぼうぐや》のまえに出したんだった。

「封筒の裏に自分のお名前を書き、そこに、お好きな漢字を一文字書いた紙を入れて、わたしにわたしてください。小春さんに、中に書かれた漢字を当ててもらいます」

見物人たちのあいだからどよめきが起こる。もちろん、おれも驚《おどろ》いた。手にもしていない封筒の中身を見ることなんか、できるわけがない。

が、いちゃもんをつけてきた男だけは、貧乏《びんぼう》ゆすりをしながら、せせら笑っている。

「ふん、どうせおまえもグルなんやろ。おまえが封筒の中身を見て、それをこの小娘《こむすめ》に暗号かなんかで知らせる。そういう魂胆《こんたん》やろが」

「封筒《ふうとう》はわたしが手にしたまま、こうしてみなさんのまえに掲《かか》げておきます。開けるのは小春さんの透視《とうし》のあと、正解かどうかを確認《かくにん》するときだけ。これなら納得《なっとく》いただけますか？」

迦楼羅の涼《すず》やかな声と笑《え》みに、男もさすがに言葉が見つからないのか、口をとがらせ、小さくうなずいた。

迦楼羅が男をふくめた十人の観客に紙と封筒をわたす。客は次々に紙に漢字を書きつけては封筒にしまう。迦楼羅の手に封筒が十通もどる。

「それでは小春さん、お願いします。最初は大森《おおもり》さんの封筒です」

迦楼羅が封筒をつきだすと、和服姿の若い女が両手で顔をおおった。

「うちのやわぁ！」

小春は両目をぎゅっとつぶり、うつむく。それから、たっぷり三秒後。びくっと肩《かた》をふるわせたかと思うと、なにかに驚《おどろ》いたように目を見はり、おずおずとおちょぼ口を開いた。

「〈美〉……。〈美しい〉の〈美〉の字が見えます……」

「大森さん、いかがですか？」

迦楼羅に問われて、娘《むすめ》が目を丸くした。

「いややわぁ、当たってるぅ！」

池田小春の千里眼
どんなことでもお見通し

観衆がどよめく中、迦楼羅は封筒《ふうとう》から紙を取りだし、小春に見せながら、うなずいた。

「はい。たしかに『美』と書いてあります」

――いったいどうなっているんだ……。

「では、次は霧島《きりしま》さんの封筒です。小春さん、どうでしょう？」

同じように小春が目をつぶる。そして、ぴったり三秒後。

「〈澄《ちょう》〉。〈水が澄《す》む〉の、〈澄〉という字が見えます」

「霧島さん、いかがですか？」

「あ、当たっとる……」

和服姿の小さな婆《ばあ》さんが声をあげると、迦楼羅が封筒から紙を出し、小春といっしょに確認《かくにん》してから、うなずく。あとは同じことのくり返しだった。

「木田《きだ》さんの封筒です」

「〈知〉。〈知る〉の〈知〉という字が見えます」

「当たってます！」

「青木《あおき》さんの封筒です」

「〈雉《きじ》〉。〈雉汁《きじじる》〉の〈雉〉が見えます」

「な、なんで……」

いちゃもんをつけてきた男が、低くうなると、こそこそと逃《に》げていく。なるほど、わざと難しい漢字を書いて、小春に恥《はじ》をかかせようとしたのだろう。

でも、小春も、なんでわざわざ〈雉汁《きじじる》〉なんていうんだ？　〈鳥の雉〉でいいじゃねえか。

とはいえ、難読漢字を当てたことで客はどよめき、それは大きな歓声《かんせい》に変わった。見物人の数もみるみる増えていき、十人連続で正解したころには、路地から人があふれでていた。

「おれも透視《とうし》してくれ！」

「わたしもやってみたい！」

そのあとは押《お》すな押すなの大盛況《だいせいきょう》。気づいたときには、迦楼羅さんとおれは、小春の客の整列係になっていた。

★

「いやあ、もうかったねぇ！」

そば屋の店内に、鼻にかかった明るい声がこだました。

「一日で一万五千円！　あたし、この商売始めてから、だんトツの新記録だよ！」

三時すぎ、縁日《えんにち》の店をたたんだおれたちは、京都駅近くのそば屋で、遅《おそ》い昼飯を食べていた。

しかも小春のおごりだ。手伝ってくれたお礼に、どうしても京都名物のにしんそばを食べさせたいといって聞かなかった。

名物というわりには、かけそばに焼いたにしんの切り身をのせただけで、おれには特別うまいとは思えなかったが、懐《ふところ》がさびしいいま、ただで温かい飯が食えるのはありがたかった。

「どう？　うまいだろ？　おかわりしたけりゃ、遠慮《えんりょ》なくしてくれていいんだぜ」

小春は、タヌキ顔をきらきら輝《かがや》かせている。が、ふと「あ、そうだ」と、箸《はし》を置くと、首からさげた財布《さいふ》に手をつっこんだ。

「はいよ、分け前！」

迦楼羅にむかってつきだした手が札をにぎっていた。ほとんどが五十円札や百円札だが、中には五百円札もまじっている。全部合わせたら、それなりの額になりそうだ。

「四千五百円ある。もっとわたしたいけど、庭場の親分に四割を納めたからさ。残りを山分けだ」

ところが、迦楼羅を目をぱちくりするばかりで、手を出そうともしない。

「いや、分け前なんてもらえませんよ。わたしはちょっとお手伝いをしただけですから……」

「ちょっとどころじゃないよ。変なにいちゃんにからまれたところを助けてもらったし、あれがきっかけで客がわんさか押《お》しかけてきたんだから。山分けでも申しわけないくらいだよ」

「そういわれても……」

「悪いな。ありがたく、もらっとくぜ」

おれは横から手をのばして札束をもぎりとった。この小娘《こむすめ》を手伝ったのはほんとうだし、そのせいでこっちは売り上げゼロだったんだ。分け前をもらって当然だ。

「ありがたついでに、小春さん、漢字当ての仕掛《しか》け、教えてくれねえか」

半日、いっしょに働くうち、おれたちはいつしか名前で呼び合う仲になっていた。

「木の板のやつかい？　ふふっ、こうして縁《えん》もできたことだし、特別に教えてやっか」

小春は、椅子《いす》の横に置いた荷物から、木の板を一枚、取りだした。

「こいつは、最初の十二枚の板のうち、豪《ごう》さんが選んだやつだ」

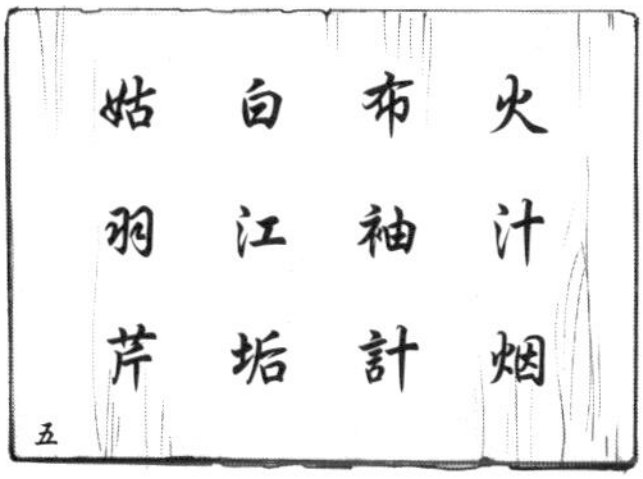

「豪《ごう》さんはこの中の『計』の字を選んだんだったよな」

おれは心の中で舌を巻いた。この小娘《こむすめ》、なぜ、そんなまえのこと、おぼえてる……。

「ここに数字があるの、わかるかい?」

桜色した小指の爪《つめ》が、板の左下をさしている。そこに豆粒《まめつぶ》ほどの小さな字が書いてあった。

「ああ。『五』って書いてあるな」

小春は小さくうなずくと、荷物の中から、ごそごそやりだした。

「そのあと、豪さんは、もう一組の板の中から自分の選んだ漢字が入っている板を見せろといわれて、これを出した」

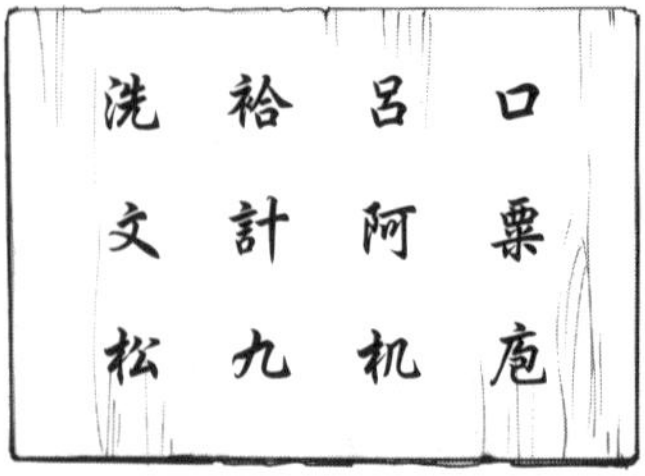

「答えはうしろから五番目の漢字。一、二、三、四、五。ほら、『計』だ」

「でも、どうして……」

「まだ、わからないのかい？　五の番号がついた板にならんでる十二の漢字は、もう一組の板の、それぞれうしろから五番目に配置されているんだよ。一の番号の板の漢字は、別の組のいちばんうしろに、二の番号の板の漢字はうしろから二番目に。以下同じ！」

おれは小春の説明を、もう一度頭の中でくり返す。わかったとたん、頭に血がのぼった。

「くっそう！　おれは、そんな雑誌のふろくみたいなもんにだまされたってことかよ！」

「はあ？　雑誌のふろく？」

ただでさえまるい小春の目が、さらに丸くなる。

「『なかよし』っていう女の子むけの雑誌があるんだよ。去年の暮れに創刊号が出てな、そいつについてたふろくのひとつに、『少女うらないブック』ってのがあったのさ」

なんでそんなことを知ってるかといえば、ボディーガードをしていた紫苑《しおん》のお嬢《じょう》に買いに行かされたからだ。うどんなら三杯《ばい》は食えそうな額を、お嬢は自分の金から出した。

「そこに手相占《うらな》いとか、夢占いとか、適当なことがいろいろ書いてあってよ。おもしろ半分に組の若《わか》い衆《し》にやってみたら、『なんでそんなに当たるんだ』って驚《おどろ》くのさ」

そばの汁《つゆ》をすすっていた迦楼羅が、あやうくふきだしそうになった。

「豪太郎さんって、童話だけじゃなくて、少女雑誌にまでくわしいんですね！　妹がいたら、きっと話があったでしょうね。『それいゆ』とか『ひまわり』を愛読してましたから」

「おお、それなら、おれも読んだぜ！　表紙の絵が中原淳一《なかはらじゅんいち》で……」

そこで小春がまゆをひそめてるのに気がついた。

「い、いや、別に好きで読んだわけじゃないぜ。ひまだったから……。と、とにかく、おれがいいたいのは、小春の透視《とうし》なんか、おれにもできるってことだよ」

「ふん。やれるもんならやってみな」

いいおわらないうちに、小春が箸《はし》をおれにつきつけた。

「まあまあけんかしないでください。いっとくけどな、板に書いてある数字を客に気づかれないように読みとるのはたいへんなんだぞ」

「なんだよ、迦楼羅さん。どちらもって、どちらも正しいんですし」

「小春さんのいうように、その手品は話術の訓練をつんでいないとできないし、豪太郎さんのいうとおり、小春さんの仕掛《しか》けはもともと雑誌のふろくのようなものだったってことです」

小春がぽかんと迦楼羅をふりむいた。

「その仕掛け、明治《めいじ》の終わりに出た『千里眼《せんりがん》』という本がもとなんです。当時、世の中は千里眼ブームにわいていましてね、それにあやかった手品本がいくつも出たんですよ」

ブームのきっかけは、明治四十二年、当時の東京帝国大学《とうきょうていこくだいがく》心理学助教授の福来友吉《ふくらいともきち》が、透視《とうし》能力《のうりょく》を持つ女性を研究しはじめたことだという。

「それより五年まえ、熊本の主婦・御船千鶴子《みふねちづこ》が、義理の兄にかけられた催眠術《さいみんじゅつ》の中で、透視に成功したと話題になりました。ちょうど日露《にちろ》戦争のころで、ロシア艦隊《かんたい》に撃沈《げきちん》された日本の輸送船の乗組員の安否を聞かれて、千鶴子は無事な姿が見えると答えると、そのとおり、その乗組員は、輸送船への乗船を直前で取りやめていたことが確認《かくにん》されたのです」

その後、催眠術なしでも透視ができるといいだした千鶴子は、木の幹の中に隠《かく》れた虫を透視したり、海に落とした指輪を透視で発見したり、はては人体透視と称《しょう》して病人の診察《しんさつ》まで行った。

これを耳にした福来助教授は、心理学の面から調査に乗りだした。

「いまでいう東大の先生が、超能力《ちょうのうりょく》をまじめに調べるというだけでも異例のことでしたが、なにより驚《おどろ》かされたのは、調査の結果、福来が千鶴子の透視能力は本物だと主張したことでした」

千里眼はたちまち世間の注目を集めた。多くの新聞が千鶴子の透視実験を報道し、ある新聞社は公開実験を主催《しゅさい》した。そこでも千鶴子が透視に成功したことで、騒《さわ》ぎはますます大きくなり、全国には、自分も透視ができると名乗り出る者が、次々と現れたという。

「もちろん、それらのほとんどはニセモノでした。が、ひとり、本物の透視能力があると考えられる女性がいたのです。香川県《かがわけん》の丸亀市《まるがめし》の長尾郁子《ながおいくこ》です」

——丸亀？　まさか、人体自然発火と関係があるのか……。

そんなわけはない。いま迦楼羅が話しているのは明治時代の話なのだ。が、シンクロニシティという言葉をくり返されただけに、ついうがった見方をしてしまう。

「郁子は透視《とうし》だけでなく、念写《ねんしゃ》も行うことでより注目を集めました。念写というのは、心の中で思《おも》い描《えが》いたことがらを、写真のように紙に写しだす超能力《ちょうのうりょく》のことです」

学者たちの反応もさまざまだったらしい。とんでもないペテンだという学者も多くいた一方で、研究に値《あたい》するという者もそれなりにいた。

また心理学に加えて、物理学の観点から透視と念写の研究をする学者も現れた。

「ところが、この物理学者による実験に不手際《ふてぎわ》がありました。そのため、学者への不信感から郁子は実験への協力を拒否《きょひ》したのですが、それをきっかけに世論が変わりました。いつまでも進まない実験に、透視も念写もうそだったのではないかと世間が疑いはじめたのです」

そして大事件が起きる。なんと、御船千鶴子が自殺。そのわずか一か月後には、長尾郁子も病死したのだ。

「自殺の理由は不明です。二つの死のあいだにも、つながりは見つかりませんでした。が、ふたりの死亡で、福来は透視と念写が事実であると証明できなくなってしまいました」

これ以後、学者も一般民衆《いっぱんみんしゅう》も、透視も念写も科学的にありえないという見方へと一気にかたむき、福来は、学問の権威《けんい》を失墜《しっつい》させたとして、事実上大学を追われることとなった。

「それでも福来は、三年まえに亡《な》くなるまで超能力《ちょうのうりょく》の存在を主張し続けました。死のまえの晩には『福来友吉二世生まれる！』と叫《さけ》んだといわれています」

「……なんかすごい話だな。イカサマ透視《とうし》でもうけるおまえが、かわいく思えてきたぜ」

からかったつもりだったが、小春からはなんの反応も返ってこなかった。

小春は迦楼羅の横顔を見つめていた。いや、見つめるというより、凝視《ぎょうし》していた。

どうかしたのか、そう声をかけようとしたところで、小春のおちょぼ口が開いた。

「でも、迦楼羅さんは、ほんとに透視ができるんだろ？」

迦楼羅がはっと小春をふりかえる。

「え？　どういうことですか？」

「ごまかさないでよ。あたし、いまわかったんだよ。迦楼羅さんの正体に」

迦楼羅と小春の視線が交錯《こうさく》する。どちらの黒い瞳《ひとみ》にも妖《あや》しい光が宿っている。

それから、小春は語りはじめた。

4

一条戻橋《いちじょうもどりばし》

千里眼で封筒《ふうとう》の中の漢字を当てる――もちろん、あれにも仕掛《しか》けはあるんだ。

あのとき、迦楼羅《かるら》さんがこういっていたの、おぼえてるかい？

『では、次は霧島《きりしま》さんの封筒です。小春《こはる》さん、どうでしょう？』

で、あたしは目をつぶって考えるふりをしたあと、で、こういった。

『〈澄《ちょう》〉。〈水が澄《す》む〉の〈澄〉という字が見えます』

それから、迦楼羅さんは、あたしの透視《とうし》が正しかったかを確かめるために封筒を開けた。

だけど、それは霧島さんの封筒じゃなくて、次に透視をする木田《きだ》さんの封筒だったんだ。つまり、出てきた紙には書いてあったのは〈知〉の字。でも、あたしたちは〈澄〉の字が書いてあったふりをして、うなずいてから、次の透視に移った。

『木田さんの封筒です』

『〈知〉。〈知る〉の〈知〉という字が見えます』

『当たってます！』

当たるに決まってるさ。まえもって、見てるんだから。

こうやって、つねにひとつ先の答えを見て、透視能力《とうしのうりょく》があるように見せかけるのは『ワン・アヘッド・システム』っていって、世界中の手品師や大道芸人に使われてる有名な仕掛《しか》けなんだ。だから迦楼羅さんが客に説明しているのを聞いたとき、あたしにもすぐにわかったわけ。でなきゃ、打ち合わせもせずに調子を合わせられるわけがないだろ？

こいつで難しいのは最初さ。そこだけは、先に答えを見ることができないからね。なので、むかしはひとり目だけサクラを、つまり仲間を客の中に仕込《しこ》んでたらしい。でも、最近は『コールドリーディング』っていう手を使う。

さっき、最初に透視した封筒《ふうとう》は、着物姿の美人のねえさんだったの、おぼえてるかい？ ああいう人は、好きな漢字を書けといわれても、複雑で難しい漢字は書かない。意味も見た目もきれいで、わかりやすい漢字を書きたがる。〈花〉とか〈夢〉、あとは〈美〉とかね。

もちろん、絶対とはいえないよ。だから、話術で誘導《ゆうどう》するんだ。本人が気づかないうちに、こちらが望む答えを書くようにね。それが『コールドリーディング』。

だから、あたしも迦楼羅さんが誘導尋問《ゆうどうじんもん》を始めるのを待ってたんだ。ところがどうだい？ この人ったら、いきなりあたしに透視をさせた。

焦《あせ》ったよ。あわてて透視《とうし》するふりをしながら、答えをはずしたときのいいわけを考えた。『今日は調子が悪い』とか『邪念《じゃねん》が入った』とか。

霊能者《れいのうしゃ》っていうのは、話術次第《しだい》だけど、一回ぐらいならいいわけが許されるからね。

そのときさ。体にびりっと電気が走ったんだ。そして、頭の中に文字が浮《う》かんだ。

〈美〉っていう文字が……。

なにが起きたか、そのときはわからなかった。透視が当たったとわかったときには、自分の予想が、勝手に口をついて出て、それがたまたまうまくいったのかと思ってたし、そのあとは、仕《し》掛《か》けのとおりに進めるのに必死で、〈美〉の字のことは忘れてた。

でも、いま思いだしたんだよ。箱の中の文字を透視して、しかもその映像を送ることができる人がいるって話。この人と、うり二つの女の子から、聞いたことあるって。

「そ、それって、まさか……」

迦楼羅の声がふるえている。小春はきゅっと口をひきしぼるとうなずいた。

「『妙子《たえこ》』っていってた。迦楼羅さん、あんたたち双子《ふたご》なんだろ?」

迦楼羅はうなずきもせず、ゆっくりとおれをふりかえる。おれは小さくうなずいた。

「シンクロニシティ。そうなんだろ?」

迦楼羅は、こくっとうなずくと、また小春をふりかえる。

「そ、それで、妙子に会ったのはいつですか？　いったいどこで？」

「先月の二十四日。この京都で。場所の名前はおぼえてないけど、行き方はわかるよ」

「あ、案内してもらえませんか！　いまからすぐ！」

「もういないんじゃない？　あたしが会った次の日もいなかったし」

「いいんです、それでも！　とにかく、行ってみたいんです！」

小春はじっと迦楼羅の目を見つめている。

「わけありって感じだね。いいよ、今日はいろいろ世話になったし」

★

京都駅から市電に乗ったときには、もう日が暮れるところだった。

宿に商売道具を置いてきたいという小春を待ったからだ。

小春は、厚塗《あつぬ》りしたドーランをすっかり落としていた。野暮《やぼ》ったいドレスも、こざっぱりした白いブラウスとひざ丈《たけ》のふわりとした赤いスカートに着がえている。こうして見ると、少女の面《おも》影《かげ》がありありと残っている。年は聞いていなかったが、案外、おれたちと近いのかもしれない。

「小春さん、どうして妙子に会った日付をはっきりおぼえてるんですか?」

「北野天満宮《きたのてんまんぐう》の縁日《えんにち》で稼《かせ》ごうと思ってさ、まえの日のテイタ割りに行った帰りだったからだよ。天神《てんじん》さんの縁日は毎月二十五日。だから会ったのは二十四日の夕方ってわけ」

ふたりは熱心に話しこんでいるが、ゆれも走行音も激しくて、とぎれとぎれにしか聞こえない。

「じゃあ、妙子に会ったのも天神さんですか?」

「ううん。あたし、京都ってよくわかんなくてさ、行きに、ずっと手前の停留所でおりちゃったんだよね。で、帰りもわざわざ同じ停留所を使ったの。会ったのはその途中《とちゅう》」

車内はけっこう混んでいた。座席はすべて埋《う》まっていたし、立っている客も多い。持ち物や服装から見て、地元の人間と観光客と半々のようだ。外国人もひとりまじっている。金髪《きんぱつ》で細面《ほそおもて》の白人。荷物をなにも持っていないところを見ると、京都に住んでいるのかもしれない。

「あ、次、降りまーす!」

小春が叫《さけ》んで、ほどなく市電が止まった。おれたちのほかにも何人か客が降りていく。ほっかむりをした小さなお婆《ばあ》さん、黒いコートに身を包んだずんぐりした男……。

「『堀川中立売《ほりかわなかだちうり》』か……」

停留所の名前を読んだおれの視界のはしに、ちらりと金髪が見えた。さっきの外国人だ。

「ええっと、こっち、こっち……」

小春が、掘割《ほりわり》のようになった川沿いの道をまっすぐに歩いていく。

もうすっかり日が落ちている。それなりに広い通りで街灯もあるが、商店街というわけでもないから、行きかう人の顔がはっきりと見えるほどの明るさもない。

「ここは堀川通《ほりかわどおり》ですね。妙子《たえこ》はなんだって、こんなところに……」

あたりを見まわす迦楼羅につられて、おれもあちこちに目をやる。と、十メートルほどうしろに、ひときわ背の高い人影《ひとかげ》があるのに気づいた。

さっきの外国人。そう気づいた瞬間《しゅんかん》、きゅっと胃が縮んだ。

――おれたちを尾行《びこう》している？

もしかして、リーの死がおれたちに結びつけられたのだろうか。迦楼羅は美少年だし、なによりも狩衣姿《かりぎぬすがた》はいやでも目につく。あとを追うのはかんたんだろう。

――迦楼羅に知らせるべきだろうか。

いや、いま迦楼羅の頭の中は妹のことでいっぱいのはずだ。不確かなことで、頭を悩《なや》ませたくはない。なにかあったら、おれが守ってやればいいだけのことだ。

「あ、ここ、ここ！　妙子ちゃん、ここに占《うらな》いの店を出してたんだよ！」

小春が足を止めた瞬間、迦楼羅の顔が曇《くも》ったのに気づいた。

切れ長の目は堀川《ほりかわ》にかかった石造りの橋を見つめている。京都らしい、由緒《ゆいしょ》を感じさせる橋だ。こちら側は広い通りだが、橋のむこうは大きな木がしげっていて、どことなく幽玄《ゆうげん》な雰囲気《ふんいき》が漂《ただよ》っている。橋の親柱には〈戻橋《もどりばし》〉と彫《ほ》りこまれていた。

「よく見たら、あたしと同じ年くらいの女の子じゃない？　それで話しかけてみたわけ。こんなところで占《うらな》いなんかやって、お客さんはいるのかって」

耳をかたむけながら、おれはあたりに目を走らせる。とりあえず、金髪《きんぱつ》の外国人の姿はない。

「そしたら、ひとりもいないっていうからさ、だったら、明日の天神さんの縁日《えんにち》、あたしの店を手伝わないかって誘《さそ》ったんだ。あんたみたいな美人は、人が集まるところに行けば、絶対稼《かせ》げるからって」

なるほど、迦楼羅をそのまま女にすれば、透《す》きとおるような美人になるはずだ。占いに興味がなくても、美貌《びぼう》に惹《ひ》かれて客が寄ってきてもおかしくない。

「それから、おたがい名乗ったりとかして、話してたんだけど、あたしが透視術《とうしじゅつ》の大道芸人だって知ると、妙子ちゃん、透視なら自分も得意だっていうじゃない。あたし、なんかカチンときちゃってさ。『だったらやってみな。どれほどのもんか見てやる』って、いったんだ」

勝ち気な小春の姿が目に浮《う》かぶようだ。けさ、東寺《とうじ》でおれに見せたのと同じ顔にちがいない。

「あたしは、例の漢字が十二個ならんだ木の板を一枚、漢字が書いてあるほうを下にむけて、机に置いた。で、『いちばん右上の漢字を透視《とうし》してみろ』といったのさ」

すると、妙子は板の上に手をかざし、目をつぶった。そして一秒とたたないうちに答えた。

『〈生〉という字が見えます』

小春があわてて板をひっくりかえすと、こんな漢字がならんでいた。

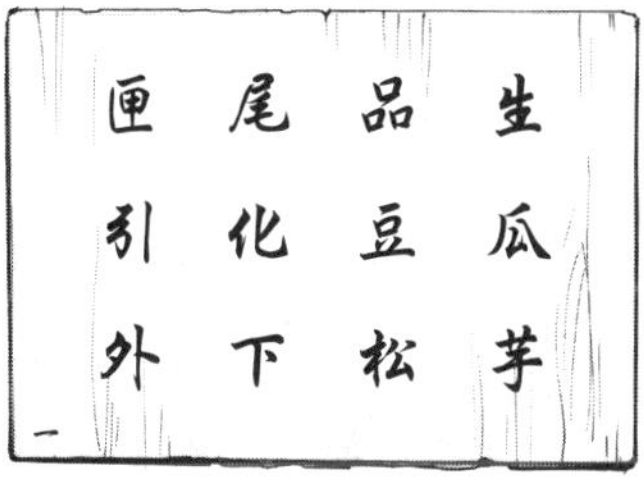

「もう、あたし、びっくりしちゃってさ。だって、どう考えても仕掛《しか》けがあるとは思えないんだから。ところが妙子ちゃんがいうわけさ。びっくりするのはまだ早い。あたしの双子《ふたご》のお兄ちゃんは、透視したうえ、それを相手の心に映しだすことができるって」
小春はそういって、ほれぼれと迦楼羅を見上げている。

迦楼羅はぎゅっと目をつぶったまま、なにもいわない。が、喜びをかみしめているのは明らかだった。妹の無事だけでなく、他人に自分を自慢《じまん》していたことまでわかったのだ。それは、行き先も告げず家を出たものの、妙子が迦楼羅に不満や怒《いか》りをかかえていたわけではないことの証《あかし》だ。

「それで？　そのあと、どうなったんだ」

たずねるおれに、小春は肩《かた》をすくめた。

「どうって、それっきりさ。次の日、天神さんには現れなかったし、帰りに寄ってみたけど、もういなかったのさ。だからさ……」

小春が上目づかいに迦楼羅の顔をのぞきこむ。

「四日後の天神さんの縁日《えんにち》は、迦楼羅さん、あんたがあたしにつきあってくれよ」

――こいつ、味を占《し》めやがったな……。

今日の大成功を考えれば、もうひともうけしたい気持ちはわからないわけじゃない。が、迦楼羅はいま透視《とうし》なんかする気分じゃないはずだ。かわいそうだが、ここは小春を追っぱらうのがおれの役目だ。

「悪いが、それはできない相談だ」

「なんで豪《ごう》さんが出てくるんだよ。あたしは迦楼羅さんと話してるんだよ」

「迦楼羅さんとおれは一心同体なんだ。おれたちはいま、それどころじゃ……」

「いいですよ」

「お、おい、迦楼羅さん……」

「豪太郎《ごうたろう》さん、ありがとう。でも、だいじょうぶです」

小春がざまあみろとでもいうように、おれにむかってぺろりと舌を出すと、腕組《うでぐ》みをした体を迦楼羅にむける。

「だけど、口約束だけじゃ困るんだよねぇ。妹みたいに姿を消されちゃったら……」

「これを預けます」

迦楼羅は、狩衣《かりぎぬ》の袖《そで》から、小さな数珠《じゅず》を取りだすと、小春の手に押《お》しつけた。

「父の形見です。九つの水晶《すいしょう》の玉に邪気《じゃき》を払《はら》う九字《くじ》『臨《りん》・兵《びょう》・闘《とう》・者《しゃ》・皆《かい》・陣《じん》・裂《れつ》・在《ざい》・前《ぜん》』がひと文字ずつ彫《ほ》られています」

小春がごくりと息をのむ。

「その代わり！」

迦楼羅が、切れ長の目をぎらりと光らせた。

「いまこの瞬間《しゅんかん》から当日まで、わたしたちにはいっさい関わらないと約束してください。豪太郎さんとわたしは、妹のことでいろいろとやらなくちゃいけないことがあるのです」

いつもおだやかな迦楼羅からは思いもよらない強い調子だった。おれでさえぎくりとしたぐらいだから、小春は飛び上がらんばかりに驚《おどろ》いた。

「だ、だいじょぶだって。今夜だって、これから知り合いのところに行くことになってるし。だから、ここで……」

小春は作り笑いを浮《う》かべてあとずさっていく。やがて、くるりと背をむけると、スカートをひるがえしながら、通りのむこうへかけていった。

「いいのか？　あの数珠《じゅず》、持《も》ち逃《に》げされるかもしれないぞ」

「だいじょうぶです。あの子とは必ず再会することになりますから」

「……迦楼羅さんがそういうなら、いいんだが」

話しながら、あたりに目をくばってみたが、例の金髪《きんぱつ》の外国人の影《かげ》はどこにもなかった。尾行《びこう》されていると思ったのは考えすぎだったのかもしれない。

「で、この橋がどうかしたのか？　小春を追っぱらったのは、妙子さんとこの場所になにかつながりがあることに思いあたったからなんだろ？」

「ああ、やっぱり豪太郎さんです。ちゃんとわたしのことに心をくだいてくれてたんですね」

薄紅色《うすべにいろ》の唇《くちびる》に、一瞬《いっしゅん》、笑《え》みが浮かぶ。が、それもすぐに消え、視線はかたわらの橋へ走った。

「あれは一条戻橋《いちじょうもどりばし》といいます」

「うん」

「千年ほどまえ、このあたりに、安倍晴明《あべのせいめい》という史上最強の霊力《れいりょく》を持つ陰陽師《おんみょうじ》が住んでいました。晴明は識《しき》を十二人も駆使《くし》していましたが、その識が住みかにしていたのが、この一条戻橋の下だと伝えられています」

なるほど、だから、なんとなく幽玄《ゆうげん》な空気が漂《ただよ》っているのか。

「ですから、わたしのような陰陽師にとって、ここは聖地です」

「うん」

「そんなところへ、なぜ妙子は来たのでしょう？」

おれは虚《きょ》をつかれた。

「いや、だから、占《うらな》いをやるためだろ？　旅の費用を稼《かせ》ごうとしてたんじゃないのか」

「そうでしょうか？　小春さんの話を信用するなら、妙子には透視能力《とうしのうりょく》があったようです。妙子に霊能力《れいのうりょく》があることに、気づけなかったのはショックですが、それはさておき、透視ができるなら、どこででも稼げたはずです。わざわざ京都の一条戻橋に来る理由はありません」

迦楼羅は眉間《みけん》にしわを寄せて、親柱を見つめている。

「考えなくては……。妙子が、なんのために、わざわざここへ来て、占いの店を出していたのか。そのわけを考えなくてはいけません」

「教えてあげましょうか」

男の声がした。黒い影《かげ》が一条戻橋をわたってくる。一瞬《いっしゅん》、あの外国人かと思ったが、背はずっと低く、体つきもずんぐりしている。

おれは、さっと迦楼羅のまえに立ちはだかると、こぶしをにぎりしめた。

「だれだ、てめえは！」

街灯の光の中に現れたのは、黒いコートに黒いソフト帽《ぼう》の中年男だった。

――こいつ、さっき、同じ停留所で市電を降りたやつ……。

「妙子さんをお預かりしている者です」

「なんですって？　うっ……」

とつぜん、迦楼羅がうめき声をあげた。

ふりかえろうとしたところで、首のうしろに強い衝撃《しょうげき》を受けた。

カメラのシャッターが落ちるように目のまえが真っ暗になった。

5　ESP《エキストラ・センソリー・パーセプション》

——首が痛い……。

ふと目を開けると、障子とガラス窓が見えた。そのむこうには庭。

二メートル四方あるかどうかという小さな庭だが、小石をしきつめた上に、石灯籠《いしどうろう》や竹垣《たけがき》を置き、形のいい松の木を植えて、なんともいえない風情《ふぜい》がある。

——どこだ、ここは……。どうして、おれがこんな上品な和室にいる？

首をまわしかけたところで、頭に激痛が走った。

そうだ。思いだした。一条戻橋《いちじょうもどりばし》で黒いコートの男が現れて、それから……。

「迦楼羅《かるら》さん！」

「わたしはここにいます」

すぐ右どなりから声がした。錆《さ》びたパイプ椅子《いす》に腰《こし》かけて、うなだれている。ただでさえ白い顔が真っ青だ。

「だ、だいじょうぶか、迦楼羅さん」

「わたしは平気です。豪太郎《ごうたろう》さんこそ、腕《うで》は痛くありませんか？」

いわれて初めてうしろ手にされて、椅子《いす》の背にしばられていることに気づいた。

「わたしのせいで、またひどいことにまきこんでしまいました。ほんとうにごめんなさい」

迦楼羅が薄紅色《うすべにいろ》の唇《くちびる》をくやしそうに噛《か》んでいる。

「そんなことはどうでもいいんだよ。それより、いったいだれがこんなことを……」

正面に黒い背広姿の男が立っていた。

ずんぐりとした体つき、四角い顔にキツネ目。まぎれもなく戻橋に現れたあの中年男だ。

「き、きさま、いったい何者だ！　なんだって、こんなことを……」

「手荒《てあら》いまねをしたことは、深くおわびしますよ、麻倉《あさくら》さん」

見た目に似合わずかんだかい声だった。しきりに汗《あせ》をぬぐっているのは、太りすぎのせいだろうか。太鼓腹《たいこばら》で背広のボタンがいまにもはじきとびそうだ。

「ただ、朝から観察させていただいて、あなたはひどく腕が立ちそうに見えたもので」

朝から？　じゃあ、東寺《とうじ》の縁日《えんにち》のときから見はられていたというのか？　だが、おれがこいつに気づいたのは市電を降りたとき。しかも、気を取られていたのは金髪《きんぱつ》の外国人。

まったく、これで迦楼羅を守ってるつもりなのだから、自分で自分にあきれる……。

「でも、めんどうは起こさないとお約束いただければ、自由にしてさしあげますよ。もしお約束いただけないとなると、東海寺妙子《とうかいじたえこ》さんに会わせることはもちろん、安全すら保証できなくなってしまいますが」

「きさまぁ！　汚《きたな》い手を使いやがって……」

「豪太郎さん、わたしからもお願いします」

「なにいってんだ、迦楼羅さん。こういうやつはな、最初から約束なんか守るつもりはないんだよ。妙子さんのことだってどうせうそに決まって……」

迦楼羅の細い指がおれの肩《かた》をつかんだ。

「そうじゃなくて、わたし、しばられている豪太郎さんを見たくないんです」

「迦楼羅さん……」

妹のことより、おれの心配をする迦楼羅に愕然《がくぜん》とした。

「……わかったよ。なにもしやしねえ。約束する……」

脂《あぶら》ぎった顔がほくそえむ。同時に、部屋のふすまが開いて白衣の男が現れた。男はおれのうしろにまわってロープをほどくと、無言のまま、また部屋を出ていった。

「よかった。これでやっと落ちついて話ができます」

「そのまえに妙子さんに会わせろ。妙子さんを預かってるってのが、ほんとなら、だが」

おれは手首をさすりながら、男をにらみあげた。

「妙子さんのことはほんとうですよ。それもふくめてのお話です」

そしらぬ顔でそういうと、男は背広の内ポケットから名刺《めいし》を二枚、取りだした。

「申し遅《おく》れましたが、わたしはこういう者です」

〈ESP《イーエスピー》研究所《けんきゅうじょ》
主任研究員　三橋浩三《みつはしこうぞう》〉

「イー・エス・ピー？　なんだこれ？」

「エキストラ・センソリー・パーセプション＝超感覚的知覚《ちょうかんかくてきちかく》、そうでしょう？」

横から声をあげる迦楼羅に、三橋は脂《あぶら》ぎった顔をほころばせた。

「さすがは東海寺迦楼羅さん。よくご存じで。そうです、わたしどもは、超感覚的知覚、わかりやすくいえば、透視《とうし》やテレパシー、念写《ねんしゃ》など、いわゆる超能力を研究しております」

「ふーん。おれはまた、お茶か生け花の教室でもやってるのかと思ったぜ」

おれの皮肉に、三橋がまゆをひそめる。

「ことの性質上、こうして町家《まちや》に隠《かく》れてやらなければならんのですよ」

たしかに研究所というにはおかしな部屋だった。床《ゆか》は畳《たたみ》で、広さはたぶん八畳《じょう》。床《とこ》の間《ま》があって、障子があって、ガラス戸のむこうは坪庭《つぼにわ》と、いかにも和風で、独特の上品さがある。

が、部屋の大半を占《し》めているのは、ごつい鉄製の机だ。その上に、フラスコやビーカー、長いガラス棒やランプが乱雑にころがっている。壁《かべ》ぎわの棚《たな》にも、無数のガラス板や大小何台ものカメラ、ペンキ缶《かん》、木の箱などがところせましとならべられていた。

「京の町家は、うなぎの寝床《ねどこ》といわれるぐらい奥《おく》に長いんです。そのむかし、路地に面している広さで税金を取られたせいだとか、商人が多い街なのでなるべく多くの人が路地に面した家を持てるようにしたからだとか、いろいろいわれてますが……」

三橋はまた、ふすまを開けると暗い廊下《ろうか》を指さした。

「こうしても、この奥座敷《おくざしき》を路地から見ることはできません。また、路地に面した部屋には格子《こうし》窓《まど》がついていて、外からさとられずに、路地のようすをうかがうことができます」

三橋がふたたび、ふすまをぱたんと音をたてて閉める。

「つまり、わたしたちのような者にとっても、都合のいい構造なんです。ここが超能力《ちょうのうりょく》の研究所だなんて、われわれも知られたくないし、ご近所さんだって知りたくはないでしょう？」

「なるほど。怪《あや》しいことをやってるという自覚はあるわけだ」

おれの二つ目の皮肉に、こんどは三橋は自信満々の笑《え》みで答えてきた。

「でも成果はそれなりにあるんですよ。ひとつ、おもしろいものをご覧に入れましょう」

三橋は机の下に手を入れると、そこから大きな白い紙を二枚、ひっぱりだした。

どちらにも絵が描《か》いてあった。一枚は橋の上から描いたのだろう、縦に大きな川が通って、左右の岸にずらりと二階建ての家がならんでいる絵。もう一枚は、川を進む小舟《こぶね》から岸を見た構図で、石積みの掘割《ほりわり》の上に、こちらも二階建ての家がたちならんでいる。

「これ、どこをスケッチしたものだと思われますか？」

「どこって……」

おれは言葉につまった。一見、日本の風景のように見える。が、雰囲気《ふんいき》がどこかおかしい。たとえば、どれも古い木造家屋なのに、二階部分にはしゃれた手すりがついている。屋根も、日本の瓦《かわら》とはちがった、丸い筒《つつ》を何本もならべたような形をしている。

なによりひっかかるのは、日本じゃないと思う一方で、こういう建物を実際に何度も見たような気がすることだ。

「あ……」

「豪太郎さん、どうかしたんですか？」

「中華街《ちゅうかがい》だ。横浜《よこはま》の中華街に、こういう建物がよくあるんだ。それに似ている……」

「これはこれは！　麻倉さんのような方にも、意外な知識があるものなんですね」

三橋が皮肉っぽく笑っている。さっきの仕返しのつもりらしい。

「妙子さんがわたしたちより先に麻倉さんに出会っていたら、事態はまったく変わっていたんでしょうねぇ」

迦楼羅とおれが、そろって三橋に鋭《するど》い視線をむけると、三橋は思わせぶりにうなずいた。

「ええ、これは妙子さんが描《か》いたものです。場所は中国の上海《シャンハイ》。でも行ったわけじゃありません、心の目で描いたんです。いわゆる遠隔透視《えんかくとうし》というものですね」

「遠隔透視？　なんだ、それは？」

「遠く離《はな》れた場所にいる人間が見ているものを、自分の心の中に映しだす超能力《ちょうのうりょく》です。妙子さんの場合は、お父上の見ているものを遠隔透視できるようです。しかも、絵が上手なので、こうして写真のように再現できる」

いわれて思いだした。妙子が想像で描いた絵を、旅から帰ってきた父親が、その場所を正確にいいあてたという話を。そして、迦楼羅は『行ったこともない場所を見てきたように描けるなんて、まるで霊能者《れいのうしゃ》みたいだね』といった……。

「ああ、そうか！」

迦楼羅が頭をかかえて叫《さけ》んだ。

「妙子は自分の能力に気がついていたんだ！　だから、父の見ている風景を絵にすることで、居場所をつきとめようとした！　そういうことだったんだ！」

「はい。ただ、絵は描けても、これがどこなのか妙子さんにはわからなかった。そこで一条戻橋で橋占《はしうら》をすることにしたんだそうです」

「橋占？」

顔をしかめるおれに、三橋は迦楼羅をふりかえった。

「これは、陰陽師《おんみょうじ》のあなたがご説明してあげたほうがいいのではありませんか？」

「……かつて日本には辻占《つじうら》というものがありました」

迦楼羅は頭をかかえたまま、力のない声でぼそぼそと話しはじめた。

「夕方や明け方、暗くて通行人の顔がはっきりしない時間に、辻＝交差点に立って、その話し声の内容から占《うらな》いをするというものです」

辻には人だけでなく、神霊《しんれい》も行きかう。だから、話し声の中には神霊のお告げがふくまれていると考えたのだという。

「この辻占を橋のたもとでやるのが橋占です。橋もあの世とこの世の出入り口と考えられていたからです。そして、京の都でもっとも有名な橋占の場所が、あの一条戻橋なんです。一説には、安倍晴明《あべのせいめい》の識《しき》たちの話し声で橋占をしたともいわれてます」

つまり、妙子が一条戻橋のたもとに占いの店を出していたのは、客の運勢を見るためじゃなくて、自分のためだったということか。父親の居場所をつきとめる手がかりを橋占でつかもうとしていた……。

考えてみれば、若い娘《むすめ》がひとり、橋のたもとに何時間もたたずんでいたら怪《あや》しまれる。でも占《うらな》い師《し》ならおかしくない。

「それにしても、いったいどうして橋占《はしうら》なんか思いついたんだろう……」

まゆをひそめる迦楼羅に、三橋が答えた。

「旅の途中《とちゅう》で知り合った拝み屋に教えてもらった、そういってましたね。妙子さんが、父も兄も陰陽師《おんみょうじ》だと話すと、それなら京都の一条戻橋へ行けばいい、橋の下にいる識神《しきがみ》がお告げをしてくれると、いわれたそうです」

三橋は声をはずませながら続けた。

「どこのだれかは知りませんが、ありがたい忠告ですよ。なにしろ、そのおかげで絵に描《か》いたようなシンクロニシティが発生したんですから」

ぎょっと顔をあげた迦楼羅に、三橋がキツネ目を細める。

「そうなんです。妙子さんとわたしたちがつながることで、妙子さんはお父上の居場所を、わたしたちは心霊兵器《しんれいへいき》のありかをつきとめることができたんですよ」

「心霊兵器？」

「実はわたしたち、米軍からの秘密の依頼《いらい》を受けていましてね。戦時中、中国に展開していた旧日本軍に、心霊兵器を開発する秘密部隊があった。そのときに生まれたと思われる兵器と、それに関わった人物を探してほしい。そういう内容です」

迦楼羅とおれは顔を見合わせた、そう、象摩《ぞうま》がしていたのとまったく同じ話だ。

三橋の感触《かんしょく》では、米軍はかなり真剣《しんけん》で、超能力《ちょうのうりょく》や心霊現象《しんれいげんしょう》に関わる者たちに広く声をかけているらしいことがわかったという。

「そこで、すぐに調査を開始しました。まずは中国から復員してきた人をしらみつぶしにあたりました。すると、秘密部隊から脱走《だっそう》した兵隊がふたりいたという。しかも、なにかを持《も》ち逃《に》げしたともっぱらのうわさだったと」

三橋が思わせぶりな視線を迦楼羅に送る。

「そのふたりを調べると、ひとりは記憶《きおく》を失っていて役に立たない。が、もうひとり、東海寺摩《ま》睺羅《ごら》という男のほうは、最近、中国の上海へわたったという証拠《しょうこ》が出てきた。で、これは怪《あや》しいとなったわけですが……」

迦楼羅をじらすかのように、三橋は小首をかしげ、間を置いた。

「ところが、その先の調べが進まない。上海って広いんですよ。人の数もケタちがいに多い。この調子じゃ摩睺羅の居場所をつきとめるのに何年かかるかわからない、部下とそんな話をしながら一条戻橋にさしかかったところへ、女性が飛びこんできたんです。『摩睺羅はわたしの父です！』と」

なるほど、それが『絵に描《か》いたようなシンクロニシティ』というやつか。

「そして見せられたのがこの絵です。驚《おどろ》きましたよ。これが摩睺羅《まごら》さんが見た風景なら、場所が特定できるかもしれないのですから。そこで、上海にくわしくて、現地にツテを多く持っている貿易商をたよることにしたのです」

三橋が、ハンカチを取り出すと、額の汗《あせ》をぬぐいはじめた。そのあいだも、なめるような視線で、おれたちの表情をうかがっている。

「ご存じかどうか、シメオン・リーという、神戸《こうべ》に住んでるアメリカ人なんですが」

なんと、リーの背後にはこいつらがいたというのか！

だとしたら、三橋はなにもかも知っていると考えたほうがいい。昨夜おれたちがリーの屋敷《やしき》にいたことも、リーがアグニ神像のせいで焼け死んだことも、つかんでいるはずだ。

では、三橋はおれたちを米軍につきだすつもりなのだろうか。そのために、おれたちを強引《ごういん》に拉致《らち》してきたのだろうか。

が、それにしては、ずいぶんとのんびりしてやしないか？　この思わせぶりな態度には、なにか別のもくろみがあるようにも思える……。

「それで？　そのあと、どうなったんだ？」

そしらぬ顔で先をうながすと、三橋はキツネ目を細めた。

「期待どおりに心霊兵器《しんれいへいき》は発見され、買いとりにも成功しました。ところが……」

「ところが？」

「昨夜、せっかくのシンクロニシティを台なしにするようなことが起きてしまいました。リーさんが亡《な》くなってしまったのです」

三橋の表情がこわばっていた。にやけた笑《え》みが消え、目つきが鋭《するど》くなっている。

「妙子さんもとてもがっかりしてましたよ。お父上についての情報は、リーさんから聞けるはずだったのですから。でも、頭をかかえたいのは、わたしも同じです……」

明らかに三橋のようすがおかしかった。声の調子があがり、語尾《ごび》はふるえてもいる。

「肝心《かんじん》の心霊兵器まで何者かに破壊《はかい》されてしまったんです！　明日の晩、米軍にひきわたすばかりになっていたというのに！」

とつぜん、三橋はハンカチをにぎったこぶしを机にたたきつけた。

一瞬《いっしゅん》、机の上のものすべてが浮《う》きあがり、フラスコやビーカーが倒《たお》れた。そのうちのいくつかは派手な音をたてて割れたが、三橋に意に介《かい》したようすはなかった。こぶしをたたきつけた姿勢のまま、歯を食いしばり、血走った目であらぬ方向を見つめたまま、全身をふるわせている。

初めて見せた感情の高ぶりの中には、明らかな異常性が透《す》けて見えた。

——こいつはあぶない。とにかく気をそらさないと……。

「で、おれたちにどうしろと？」

静寂《せいじゃく》を破ったおれの声に、三橋のにごった目玉がぎょろりと動く。

「手荒《てあら》なまねをしてまで、おれたちをここへ連れてきた理由を、そろそろ話してくれよ」

こめかみを流れる汗《あせ》をぬぐおうともせず、三橋はおれをにらみつけた。

「おまえたちをここへ呼んだのは、わたしじゃない。妙子さんだよ」

「なんですって？」

おれより先に反応した迦楼羅に、にごった目玉がまたぎょろりと動く。

「昨夜、リーの死を聞いたあと、わたしはすぐに妙子さんにたのんだ。もう一度遠隔透視《えんかくとうし》をして、摩睺羅《まごら》の手がかりを教えてほしいと。米軍に、アグニ神像はわたせなくても、すでに代わりの心霊兵器《しんれいへいき》を手に入れる手はずは整えている、そう伝えたかったからだ。すると、妙子さんはこの絵を描《か》いた……」

机の上に置いた三橋のこぶしが開いた。その手が、さっきと同じように机の下に入り、さっきと同じように、二枚のスケッチを取りだしてきた。

一枚には五重塔《ごじゅうのとう》、もう一枚には路地が描《えが》かれていた。路地にはたくさんの人が行き来し、屋台がならんでいる。陶器《とうき》の店、うどんの店、綿菓子《わたがし》の店……。

「こ、これは東寺の縁日《えんにち》のようすではないですか……」

「ああ。だから妙子さんにいったんだ。これじゃない、上海を透視《とうし》しろ、と。ところが妙子さんがいうには『あなたの求めに応じて見えるのは、これだけです』と。そこで、けさ東寺へ出かけてみると、迦楼羅さん、あんたがいた。つまり、だ……」

三橋が額の汗《あせ》をぬぐう。

「わたしの希望をかなえる力を、迦楼羅さん、あんたが持ってるってことになる」

「し、しかし、三橋さん。わたしには妙子のような遠隔透視《えんかくとうし》はできま……」

「念写《ねんしゃ》だよ!」

三橋がぴしゃりとさえぎった。

「長年、ESPを研究しているからわかるんだよ。最初だけだが、あんたが仕掛《しか》けなしで透視をしたこと、そして、その映像を千里眼芸人の娘《むすめ》の心に念写で送ったことがね。その力、くわしく調べたい。それで来てもらったんだ」

「だったら、そういやいいだろ! それを尾行《びこう》したり、殴《なぐ》りつけたり……」

「麻倉さん、あんたはだまっててくれないかね!」

三橋がこぶしをにぎっておれに食ってかかってきた。

「こっちはせっぱ詰《つ》まっているんだ! 明日、米軍になにかしら前向きな話をしなくちゃならんのだよ! やさしい言葉で誘《さそ》って、断られたら元も子もないだろ! というわけで、迦楼羅さん、実験のほう、よろしくたのむ。もし手をぬいたり、わざと失敗したとわかったときは……」

迦楼羅を見つめるキツネ目の瞳《ひとみ》に、妖《あや》しい光が宿っていた。

「妹にはもう会えないものと、思ってくれ」

6 京《きょう》大《だい》光《こう》線《せん》

「まずは、基本的な実験から始めましょうか。ええっと……」

さっさまで激高していたのがうそのように、三橋《みつはし》はごきげんだった。脂《あぶら》ぎった顔ににやけた笑《え》みを浮《う》かべて、鼻歌でも歌い出しそうなようすで壁《かべ》ぎわの棚《たな》にむかっていく。

「……うん、これでいい」

三橋は一台のカメラとフィルムを手にもどってきた。紙の箱を破って円筒形《えんとうけい》のフィルムを取りだすと、慣れた手つきでカメラに装填《そうてん》していく。

ふと、キツネ目がおれを見た。

「ライカです。これは去年出たばかりのM《エム》3《スリー》」

「え？」

三橋はカメラを指さしている。どうやら、真剣《しんけん》に見つめるおれをカメラ好きと誤解したらしい。

「ドイツから直接取り寄せたもので、二十五万円しました。大卒の初任給が一万一千円のご時世には高すぎる買い物ですがね、実験のためです。金に糸目はつけ……」

「カメラなんて、どうでもいいんだよ。そんなものでなにをするつもりだ?」

「だから念写《ねんしゃ》の実験だといったでしょう」

カメラ自慢《じまん》をじゃまされたのが癪《しゃく》に障《さわ》ったのか、三橋はむっとした顔でおれをにらむと、舶来《はくらい》品《ひん》のカメラとやらを迦楼羅《かるら》のまえに乱暴に置いた。

「芸人の娘《むすめ》にやったのと同じように、このカメラに漢字の映像を送ってください。そうですね、『妙子《たえこ》』の『妙』の字にしましょうか。それがフィルムに写れば、迦楼羅さんに念写の能力があるという、科学的な証拠《しょうこ》になります」

迦楼羅はとまどったように、三橋を見つめ返している。やがて、ふうっとためいきをつくと、ドイツ製のカメラに目を落とした。一瞬《いっしゅん》、眉間《みけん》にしわが寄る。と、すぐに顔をあげた。

「終わりました」

「え?　もう、ですか?」

キツネ目がまんまるに見開かれている。が、すぐに真顔にもどると、ふすまをふりかえった。

「おい、たのむぞ!」

ふすまが開いて、さっきの白衣の男が入ってきた。男は無言でカメラを受けとり、またふすまを閉める。

「では、こんどはガンツフェルト状態で行いましょう」

三橋は棚《たな》からまた別のカメラとフィルムを持ってきた。が、こんどは、いっしょに耳せんを二つと、なぜかピンポン球を二つに割ったものも迦楼羅に差しだした。

「耳せんをして、このピンポン球の片割れでそれぞれ目をおおってください。ひもが通してありますから、めがねのようにかけられます」

「なぜ、こんなことを？」

「意識を集中してもらうためです。それで念写の能力があがるかどうかの実験です」

「だったら、わざわざピンポン球なんか使わないで、ただの目隠《めかく》しでいいじゃねえか。やることがいちいちうそくせえんだよ」

キツネ目がざろりとおれをにらむ。

「『ガンツフェルト』とは『一様な場』という意味です。視界をさえぎるのではなく、目のまえを一様な光でおおうことが必要で、それにはピンポン球が最適なんですよ。それより麻倉《あさくら》さん、これ以上わたしのじゃまをするようなら、こちらにも考えが……」

「準備できました」

割って入ってきた迦楼羅を見て、おれは息をのんだ。

目にピンポン球をはめた姿のまぬけなことといったらない。ふつうならふきだすところだが、相手は迦楼羅だ。おれの胸には、たいせつにしてきた本のページを折られたような、いいようのない怒《いか》りがうずまいていた。

「ではカメラにむかって念写をしてください。こんどは『子』でいきましょう」

両手でつかんだカメラに、迦楼羅がピンポン球をはめた目をむける。一瞬《いっしゅん》、眉間《みけん》にしわが寄る。

「終わりました」

「たのむぞ！」

さっきと同じように、ふすまのむこうから白衣の男が現れて、カメラを受けとって消える。

「次は障害物を置いての念写実験です」

棚《たな》からもどった三橋の手には、新しいカメラのほかに木の板があった。こんどはカメラを机に置き、木の板を迦楼羅にわたす。

「目のまえに木の板をかざすように持って、カメラにむかって念写をしてください」

いわれるがままに木の板を手にした迦楼羅の眉間に、またしわが寄る。

同じことが、板の種類を替《か》えてさらに三回続いた。次はガラス板、鉄板、最後は鉛《なまり》の板。

「では、いったん休憩《きゅうけい》にしましょう。もうすぐ最初のフィルムの現像ができますから、続きはそれを見たあとで」

「おい、こんなくだらねえこと、まだやるって……」

声を荒《あら》らげるおれをさえぎるように、迦楼羅が身を乗りだした。

「それはかまいませんが、三橋さん、この実験の目的を教えていただけませんか。特に念写とは、どういうものなのか、それがわかると、わたしも協力しやすいのですが」

「よかった。あなたなら、きっとわかってくださると思っていましたよ」

三橋がおれをあざ笑うようにあごをつきだしてから、迦楼羅に微笑《ほほえ》んだ。

「迦楼羅さんは、テレパシーという言葉を聞いたことはありますか？」

「テレパシー？」

「離《はな》れたところにいる相手の心に自分の考えを伝えられる超能力《ちょうのうりょく》のことです。およそ七十年まえ、英国心霊調査協会《えいこくしんれいちょうさきょうかい》は『既知《きち》の感覚経路を使わずに、別々の心のあいだで考えが伝わること』と定義しています。では、迦楼羅さんが透視芸人《とうしげいにん》の娘《むすめ》の心に漢字の映像を伝えたのもテレパシー？　ちがう。念写である。これを証明するのが、この実験の目的です」

三橋の声に次第《しだい》に熱がこもっていく。

「実験に当たってわたしはこんな仮説を立てました。テレパシーは心理的な作用あるいは脳波の働き、つまり精神的なものといわれてる。よって写真には写らないだろう。一方、念写は質量を持つ生物線による、完全に物理的な現象であるから、当然、写る、と」

なにをいってるのか、ちんぷんかんぷんだ。ろくに学校へ行ってないおれがバカなせいかと思ったが、迦楼羅も困ったような顔をしている。

「難しいですか？　では一から説明いたしましょう」

三橋はゆかいそうに胸をはった。

「そば屋での会話を聞かせていただきましたが、迦楼羅さんは福来友吉《ふくらいともきち》の千里眼事件にとてもくわしいようですね。実は念写も、福来が行った長尾郁子《ながおいくこ》の透視《とうし》実験の最中に偶然《ぐうぜん》に発見されたものです」

「長尾郁子というと、香川県丸亀市《かがわけんまるがめし》のほうの女性ですね」

「そうです。実は、この長尾郁子については、福来たち東京帝国大学《とうきょうていこくだいがく》の連中とは別に、われわれ京都帝国大学《きょうとていこくだいがく》の大先輩《だいせんぱい》、三浦恒助《みうらこうすけ》先生も研究を行っていました」

迦楼羅が細い顔をこくりとかしげた。

「われわれ京都帝国大学？　では、三橋さんは京都大学で先生でいらっしゃるんですか？」

「え？　いや、京都大学を卒業後、三浦先生の志を受けついだ者です……」

一瞬《いっしゅん》、言葉につまったものの、三橋はほおを伝う汗《あせ》をぬぐいながら、また胸をつきだした。

「郁子の透視実験では新しい手法が使われました。箱や封筒《ふうとう》の中の紙に書かれた文字を当てる方法では、手品師のように手際《てぎわ》のいい者にかかれば、科学者が気づかないうちにのぞき見をされる恐《おそ》れがある。そこで、写真乾板《かんぱん》の上に文字を置いて透視《とうし》させることにしました」

写真乾板とはいまでいうフィルムだ。かすかな光が入るだけでも感光して真っ白になる。つまり透視のまえに少しでも中をのぞいたりすれば、すぐにバレるというわけだ。

「郁子が透視実験をしたあと、乾板を現像してみると感光したあとがありました」

「つまり、ズルをしたってわけだ」

三橋が刺《さ》すような目でおれをにらむ。

「いいえ、これこそが念写の発見でした。乾板が感光したのは、外からの光のせいではなく、郁子の透視の力によるものです」

そんなバカな。そうつっこみたいところだったが、だまっていることにした。

「そもそも物が見えるというのはどういうことでしょう？　物のほうから光線が来るから――物理学ではそう説明します。対象物が発する光や、太陽や灯《あか》りを反射した光が目に入ることで物は見える。しかし箱や封筒《ふうとう》に入った物から光は来ません。なのになぜ見える――透視できるのか」

三橋はとうとうと語り続ける。それはもはや説明というより演説に近かった。

「我らが三浦先生はこう考えました。逆に考えればいい。つまり透視ができる人間からはなにか光線のようなものが出て、それに照らされて文字が見える。乾板が感光したのはその光線のせいだと。そして、先生はこれを『京大光線』と名づけたのです！」

　あぜんとするおれたちをよそに、三橋は熱弁をふるい続ける。

「京大光線の正しさは生物学の立場からも証明されています。ソ連のグールウィッチ教授は、二つの玉ねぎの根の先端《せんたん》同士をむけておくと、たがいの細胞分裂《さいぼうぶんれつ》が盛《さか》んになることを発見しました。これは根の先から細胞分裂をうながす、ある種の放射線または光線が出ているからで、教授はこれを『ミトゲン線』と名づけています。それからこれ！」

　三橋は棚《たな》から持ってきたスクラップブックを開くと、虫の絵を見せた。

「これはウマノオバチといって、ほかの虫の体内に卵を産みつける『寄生蜂《きせいばち》』の一種です」

「ハチ？　これが？」

　たしかに羽根が二枚ついているが、体はカミキリムシのように細長い。しかも、おしりからは体長の六倍以上はありそうな長いひもがのびている。

「このひもは産卵管《さんらんかん》で、これを樹皮の下に隠《かく》れたカミキリムシの幼虫やサナギに刺《さ》して卵を産みつけます。しかし、木の中の虫になぜそんなことができるのか？　透視《とうし》です。ウマノオバチは、なんらかの光線を発して、虫の居場所を透視しているのです」

　三橋は、スクラップブックを閉じると、その上に両手をついて身を乗りだした。

「ミトゲン線やウマノオバチの例のように生物が発する未解明の光線を、生物学では『生物線』

と呼んでいます。つまり三浦先生の京大光線もその生物線の一種なのです！　ところがっ」

声の調子がさらに一段上がった。脂《あぶら》ぎった顔もいまや興奮で赤く染まっている。

「東京帝大の福来は、乾板《かんぱん》が感光したのは透視《とうし》のために精神統一をしたときの力のせいであるといったのです！　念写は心の力であると！　すると、その非科学的な主張に同じ東京帝大の物理学者たちが再実験を行った。それはいい。が、最初から念写をトリックだと考えていた彼《かれ》らの実験方法はずさんだった。その結果、どうなったか！」

三橋はキレていた。キツネ目の奥《おく》には、あの狂気《きょうき》の光がふたたび現れていた。

「長尾郁子は嫌気《いやけ》がさして実験の継続《けいぞく》を拒否《きょひ》！　その後、病死したことから、すべてがうやむやになってしまったのですよ！　東大の連中がよけいなことをしなければ、京大光線も念写も科学的事実であることが証明されていたはずなのに！」

ドスン！

三橋がふたたびこぶしを机にたたきつけた。さっきと同じように机の上のものがいっせいに浮《う》きあがり、こんどはビーカーが倒《たお》れて割れた。

「それで、わたしにもその京大光線が出せるのではないか、というのですね」

なだめるような迦楼羅の声に、三橋は我に返ったように顔をあげた。

「え？　ああ、そうです、そうです、そういうことです。もうすぐ、その証拠《しょうこ》が……」

声におだやかさがもどるのを待っていたかのように、音もなくふすまが開いた。

白衣の男が現れ、写真を数枚、三橋に手わたすと、また姿を消した。

三橋は食い入るように、写真を一枚一枚、見つめている。緊張《きんちょう》のせいか、それとも集中のせいか、歯を食いしばり、こめかみからしたたる汗《あせ》をぬぐおうともしない。

が、やがて、湯をかけた氷が溶《と》けるように、表情が和《やわ》らぐと、迦楼羅にむかってにんまりと微《ほほ》笑《え》んだ。

「見てください。念写はみごとに成功していますよ」

三橋は白黒写真を二枚ならべた。一枚目には『妙』の字が浮《う》かびあがっている。

「が、二枚目の『子』のほうがより鮮明《せんめい》ですね。ガンツフェルト状態では京大光線がより強力になるということです。ただ、これだけでは、わたしの仮説『念写は質量を持つ生物線による、完全に物理的な現象』の証明にはたりません。重要なのはこちらの四枚です」

爪《つめ》に垢《あか》のたまった指が、さらに写真を一枚一枚、トランプのようにならべていく。

「これが木の板をあいだにして念写したもの」

そこには黒い背景にぼんやりとした白い影《かげ》で『豪』の字が浮かんでいる。

「で、これがガラス板を、こっちが鉄板を置いて念写したもの……」

二枚目の写真には『太』、三枚目には『郎』の字が、同じようにぼんやりと写っていた。

「こんなヤクザ者の名前を念写するとは、迦楼羅さんにはよほどたいせつな友人なんでしょうな。ま、それはかまいません。わたしにとって大事なのは四枚目ですから」

切り札のように、ぱちりと音をたてて置いた写真は、真っ黒だった。

「なにも写ってねえじゃねえか。なんで、これが大事なんだよ」

「鉛《なまり》の板ですよ」

三橋はおれではなく、迦楼羅に語りかけていた。

「木の板、ガラス板、そして鉄板をはさんでも念写はできた。最後の一枚、鉛の板をはさむと念写はできない。これがどういうことか、わかりますか?」

自分で答えがいいたくてたまらなかったのだろう、三橋は迦楼羅に時間を与《あた》えなかった。

「京大光線はX線と同じ性質があるということですよ」

「X線というのは、あのレントゲン写真を撮《と》るときのX線のことですか?」

「そうです。人間の体を透過《とうか》する放射線のX線です。学校で習ったかどうか知りませんが、X線は多くの物質をすりぬけることができますが、鉛は通りぬけることができないのですよ」

「つまり、わたしが透視《とうし》と念写ができるのは、目からX線のようなものが出ているからだと?」

「そうです! この写真がなによりの証拠《しょうこ》ですよ!」

三橋は、口が耳まで裂《さ》けたんじゃないかと思うほど、妖《あや》しくも大きな笑《え》みを浮《う》かべた。

「ああ、こんなにすぐに結果が出るとは思いもよりませんでした。これなら、明日、米軍の情報部の方にお見せする価値があります。三浦恒助先輩の京大光線理論はまぎれもない事実であり、心霊兵器《しんれいへいき》にも応用ができるといえるのですから」

「念写が心霊兵器に？　おまえ、バカじゃねえのか？」

思わずののしってから、自分でしまったと思った。さすがにいいすぎたかもしれない。妙子に万が一のことがあったらまずい。

が、有頂天《うちょうてん》になっている三橋には気にならなかったらしい。

「バカはあなたですよ、麻倉さん。わかりませんか？　X線の目を持つ迦楼羅さんは、スパイにぴったりじゃないですか？　敵の機密文書を盗《ぬす》みも開封《かいふう》もせずに読みとれるんですから。しかも、X線は人体に有害な放射線です。もし、迦楼羅さんから発するX線の線量を大幅《おおはば》に増やすことができれば、それは殺人光線ともなる……」

そこで、三橋はなにかに思いあたったのか、ぱんと手をたたいた。

「そうだ！　このことを資料にまとめておかねば！　よろしい、実験はここまでにして、今夜は宿のほうでお休みください。ご夕食も用意してありますし。明日またご協力ください。もっとおもしろい実験ができないか、それも考えておきますよ」

そういって、ふすまに手をかけた三橋の肩《かた》を迦楼羅がつかんだ。

「そのまえに妙子に会わせてください！　そういうお約束だったはずです」

三橋がゆっくりとふりかえった。キツネ目には、三度、あの狂気《きょうき》の光が宿っていた。

「それは明日。米軍との会見のときに。だいじょうぶ、うそは申しません」

〈7〉クリスマスカロル

それから五分とたたないうちに、迦楼羅《かるら》とおれは上品な座敷《ざしき》に落ちついていた。

宿というのはESP研究所《イーエスピーけんきゅうじょ》のすぐとなりの町家《まちや》だった。二軒《けん》まとめて借りたか、買い上げたかしたのだろう、うなぎの寝床《ねどこ》のような造りも、八畳《じょう》ほどの奥座敷《おくざしき》も、ガラス戸の外に落ちついた坪庭《つぼにわ》があるところも、まったく同じだ。

「あの野郎《やろう》、ふざけやがって！」

案内の白衣の男が消えると、おれは思いっきり毒づいた。

「ええ、ほんとうにがっかりですね。でも、わたしたちが置かれた立場を考えると……」

迦楼羅が力なくうなずく。

「これでも上等なのかもしれません。今夜はこれでがまんして、明日に期待しましょう」

思いもよらない言葉におれは目をむいた。

「はあ？　なにをのんびりしたこといってんだよ。あいつが約束を守る保証なんてないんだぜ。

こうなったら力ずくでも……」

そこで、迦楼羅がぽかんとおれの顔を見つめているのに気づいた。

「あのう、豪太郎《ごうたろう》さんはいったいなんの話をしてるんです？」

「なんのって、妙子《たえこ》さんの話に決まってんだろ。迦楼羅さんこそいったいなんの話を……」

「これですけど」

迦楼羅が指さしたのは漆塗《うるしぬ》りの座卓《ざたく》だった。そこに皿が二つ。ひとつには、海苔《のり》を巻いたにぎりめしが四つ、もうひとつには、なにやら紫色《むらさきいろ》した漬物《つけもの》らしきものが載《の》っている。

「夕食を用意したといってたので、仕出し料理が待っているとばかり思っていたんです」

「仕出し料理？」

「玄関《げんかん》に『黒門通《くろもんどおり》　あさひ』と小さな看板が出ていたでしょう？　いまもやっているのかどうかはわかりませんが、ここは旅館なんですよ。だったら、食事は仕出しだろうなと期待してたんです。京都の旅館は料理はせず、食事は料理屋さんの出前を出すのが伝統ですから」

「………」

「出前といっても、豪華《ごうか》な会席料理なんですよ。十一月だと、そう、松茸《まつたけ》と落《お》ち鱧《はも》の天ぷらなんかが出ることが多いそうで……。でも、まあ、柴漬《しばづ》けも京都を代表するお漬物ですし」

迦楼羅は座卓のわきに腰《こし》をおろすと、漬物を指でつまんで口に放りこんだ。

「妙子のことは心配していません。明日には会えるでしょう」

「それは甘《あま》いんじゃねえか。あいつの目、見たろ？　ありゃ完全にいかれてる……」

「だとしても、わたしを裏切ることはできません。すっかりわたしのことを信用して、いまや同志のつもりでいるでしょうから」

「なんで、そんなことがわかるんだよ」

「念写《ねんしゃ》の実験で、思いどおりの結果を見せてあげたからです」

迦楼羅は、にぎりめしにかぶりついた。

「占《うらな》いをやっているとわかるのですが、人は自分の見たい現実、自分が予想した未来しか受け入れないものです。現実も未来も『そうじゃないかと思ってた』と確認《かくにん》したい――三橋《みつはし》のように用心深く、また、世間からなにかと疑いの目をむけられてきた人ほど、その傾向《けいこう》が強いものです」

迦楼羅は、念写の実験で最後に鉛《なまり》の板をわたされたとき、念写に失敗してほしがっていることを感じたという。そこで、わざと念を送るのをやめたのだそうだ。

「だれにも認めてもらえないことがらが、ひとつひとつ証明されていく興奮に、冷静な判断力を失い、それを実現した相手に無条件で従うようになる――性悪《しょうわる》な拝み屋がよく使う手です」

「なるほど、従わされているふりをして、逆に従うように仕向けたというわけか」

そこまで考えてあの実験をしていたことに驚《おどろ》いた。が……。

「迦楼羅さん、ほんとうに念写の能力があるんだな。鉛《なまり》の板を通しても……」

「さあ、どうでしょうか」

迦楼羅はあいまいに微笑《ほほえ》むと、ふとんに目をやった。

「とにかく今夜は休みましょう。まともに横になれるの、四日ぶりですし」

それからふたりでにぎりめしをたいらげ、茶を飲んでから、ふとんにもぐりこんだ。

食事はそまつだったが、ふとんのほうはふかふかだった。

電気を消すと、奥座敷《おくざしき》は薄闇《うすやみ》に包まれた。月が出ているのだろう。庭に面したガラス戸から、やわらかな銀色の光が射《さ》しこんでいる。

「豪太郎さん、お願いがあるのですが」

「なんだ？」

「手をつないでください」

「え？」

横をむくと、迦楼羅はまっすぐ天井《てんじょう》を見つめていた。ふとんからは右手がつきでている。

「修行《しゅぎょう》の旅に出たときから、ずっと心細かったんです。ひとりのときは無理に抑《おさ》えこんでいましたが。こうして心を開ける人がいるとがまんができなくなって……。おかしいでしょうか？」

「……いや」

おれは左手をのばした。闇《やみ》の中で迦楼羅の手を探《さぐ》る。

むこうもおれの手を探っているのだろう、かさこそと畳《たたみ》をひっかく音がする。

不意に爪《つめ》と爪がぶつかった。たちまち指が指を求めあい、そして、しっかりとからみあった。

細くて、やわらかく、冷たい感触《かんしょく》に、なぜだか、おれもほっとためいきをつく。

「もうひとつ、お願いをしてもいいですか」

「なんだ？」

「なにか、話してください」

「……うん」

そうはいったものの、なにを話したらいいのかがわからない。困っていると、遠くで、ごーんと、寺の鐘《かね》が鳴るのが聞こえた。

——あ、鐘といえば……。

「妙子さん、『ひまわり』って雑誌を読んでたっていってたな？」

「はい」

「おれもさ。例のボディーガードをしてたお嬢《じょう》の部屋に創刊号から全部取ってあったんだ。連載《れんさい》小説がおもしろくてな。日本のと外国の小説と両方あるんだが……」

なぜか、おれは翻訳物《ほんやくもの》のほうが好きだった。特に、昭和二十四年から二十七年にかけて、村岡《むらおか》花子《はなこ》が紹介《しょうかい》した『エレン物語《ものがたり》』『クリスマスカロル』『秘密《ひみつ》の花園《はなぞの》』にはひきこまれた。

「中でいちばん好きだったのが『クリスマスカロル』なんだが、迦楼羅さん、知ってるか？」

とつぜん、迦楼羅がくすくす笑いだした。

「なにがおかしいんだよ」

「だって、豪太郎さんもディケンズを知ってたなんて、思いもよりませんでしたから」

「ディケンズ？」

「ほら、人体自然発火のとき、お話ししたでしょう？ ディケンズが『荒涼館《こうりょうかん》』で、そういうシーンを書いているって」

「ああ、そういえばそんなこといってたな。それがどうかしたのか？」

「『クリスマスカロル』もディケンズの作品ですよ」

「あ……」

いわれてみればそうだったかもしれない。雑誌には『村岡花子・訳』っていう字のほうがずっと大きかったから、原作者の名前は気にとめなかったんだろう。

「実は『クリスマスカロル』にも、人体自然発火のくだりがあるんですよ。こんなのです」

迦楼羅は暗い天井《てんじょう》にむかって声をはりあげた。

「『自分がなにか興味ある実験の材料になっていて、なんの前ぶれもなく、自然にボウと燃え上がってしまう燃料にされているんじゃないかという心配も湧《わ》いて来た。』」

以前、『荒涼館』の一節をそらんじたときも驚《おどろ》いたが、こんどはがっかりもした。

「そこまでわかってるのなら、もう話す必要も……」

「話してください」

迦楼羅はせがむように顔を寄せてきた。

「豪太郎さんの声で話してほしいんです」

知ってる話を聞きたがる気持ちが理解できないが、声が聞きたいというのなら、応えてやらなくちゃなるまい。

「舞台《ぶたい》はクリスマスイブの晩。強欲《ごうよく》でケチな男スクルージのまえにクリスマスの幽霊《ゆうれい》が三人現れて、魔法《まほう》でスクルージの過去・現在・未来を見せていく。それを通して、スクルージは自分の心がいかにねじまがっていたかを知り、改心する……」

さっき鐘《かね》の音を聞いて急にこの話を思いだしたのは、スクルージのまえにクリスマスの幽霊が現れるとき、合図のように鐘が鳴るからだ。

もちろんその音色はキリスト教の教会の鐘の音だが、とにかく鐘が鳴るたび幽霊がかわる。最初の幽霊はスクルージに過去を、二番目の幽霊は現在を、三番目は未来……。

「そこで、ふと思ったんだ。妙子さんに迦楼羅さんぐらいの霊能力があったら、『クリスマスカロル』ももっと短くてすんだかもなって」

からめた指に力がこもる。

「どういうことですか？」

「妙子さんの遠隔透視《えんかくとうし》は、他人が見た風景を絵にする。ってことは、クリスマスの幽霊《ゆうれい》みたいにスクルージを連れまわさなくても、『世の中のクリスマスはこうだ』と、絵で見せればすむ」

だが、そこで見せられるのは現在だけだ。でも、迦楼羅の霊力《れいりょく》があれば、過去と未来も遠隔透視して絵にすることができる。

「それなら話はあっというまに終わる。幽霊も鐘《かね》の音もなし。スクルージに過去・現在・未来と三枚の遠隔透視図を見せるだけ……」

とつぜん、迦楼羅の手が離《はな》れた。

「ああ、やっぱり豪太郎さんです！　いつだって、わたしの至らないところを助けてくださる！」

半ば叫《さけ》ぶような声をあげると、迦楼羅はふとんをはねあげ、仁王立《におうだ》ちになった。

「お、おい、迦楼羅さん。おれがなにをどう助けたってんだ？」

「遠隔透視ですよ！　妙子が遠隔透視できるのは現在だけ！　ああ、ずっとひっかかってたことがすべて解消されました！　ありがとう、豪太郎さん！　ありがとう、シンクロニシティ！」

な、なんだ……。いったいどうしたんだ……。

が、迦楼羅は、白い顔に晴れ晴れとした笑《え》みをたたえて、庭へむかっていく。そして、ガラス戸のまえで足を止めると、低い声でつぶやきはじめた。

「オン・ギャロダヤ・ソワカ」

呪文《じゅもん》、いや、真言《しんごん》というやつかもしれないが、初めて耳にする言葉だった。

「オン・ギャロダヤ・ソワカ」

迦楼羅がもう一度唱える。

次の瞬間《しゅんかん》、おれは息が止まりそうになった。

庭に人が立っていた。

若い女がひとり、繭《まゆ》のような銀色の光に包まれて、まっすぐに立っている。

白いブラウスに、ひざ丈《たけ》の若草色のスカート。レースのついたソックス。顔だちまではわからないが、顔は細くて小さい。肩《かた》で切りそろえた黒髪《くろかみ》がつやつやと輝《かがや》いていた。

と、女が歩きはじめた。庭には小石がしきつめてあるのに、足音ひとつたてず、まっすぐに迦楼羅のほうにむかってくる。

「……うそだろ」

思わず声がこぼれたのは、女がガラス戸を通りぬけたからだ。が、そのあとも女は風に運ばれるように奥座敷《おくざしき》に上がると、おれにむかって小さく頭を下げた。

その顔は、息をのむほど迦楼羅にそっくりで、息をのむほど美しかった。

「そ、それじゃあ、これが識《しき》ってやつ……」

「はい。識です。そして、妙子です」

つぶやく迦楼羅を、識は切れ長の目で見上げると、これも迦楼羅と寸分たがわぬ薄紅色《うすべにいろ》の薄《うす》い唇《くちびる》を開きかける。が、先に声を発したのは迦楼羅のほうだった。

「いいんだよ。もうすべてわかったし、おまえを責めたりはしないから」

識が口を閉じ、目を伏《ふ》せる。

「申しわけないなんて、思う必要もないよ。おまえはわたしの奴隷《どれい》ではないのだからね。それに、ほんとうにわたしに尽《つ》くしてくれるじゃないか。とても感謝しているんだ」

心なしか、識の白いほおが、桜色に染まったように見えた。

「それより、おまえを呼んだのは、たのみがあるからだ」

識が顔をあげる。月明かりに瞳《ひとみ》がきらめいていた。

「はい」

鈴《すず》の鳴るようなその声は、丸亀《まるがめ》のお堂と、高松《たかまつ》の近くの神社で耳にしたのと同じだった。

「小春《こはる》さんという娘《むすめ》を探しておくれ。わたしの九字《くじ》の数珠《じゅず》を持っているから、すぐにわかるはず

だ。そして、こう伝えてほしい……」

迦楼羅が識《しき》の耳もとになにごとかささやいている。じっと耳をかたむける識の横顔は、息をすることさえ忘れさせるほど美しかった。

やがて、識が小さくうなずくと、またガラス戸をすりぬけていく。

そのたおやかなうしろ姿が庭のむこうへ消えていくのを、おれは声も出せずに見送っていた。

8
迦《か》楼《る》羅《ら》天《てん》

「すばらしい！　これなら、米軍のみなさんも、満足することでしょう！」

一夜明けたESP《イーエスピー》研究所《けんきゅうじょ》の奥座敷《おくざしき》で、三橋《みつはし》は上きげんだった。

一晩考えたという新しい実験で、迦楼羅が思いどおりの成果を見せたからだ。

実験とはいっても、ガラス戸のむこうの庭に、同じような白衣を着た男をふたりならべて、十メートルほど離《はな》れた奥座敷から、どちらの男が白衣の下に赤い星のついたシャツを着ているかを当てるという、ほとんど見世物のようなものだ。

もっとも今夜のアメリカ軍との会合では、迦楼羅の心霊兵器《しんれいへいき》としての力を見せつけるのが目的だというから、見世物ぐらいのほうがいいのかもしれないが。

「本番では赤い星の代わりにソ連の国旗をつけましょう。『透視《とうし》でスパイを発見！』ってやったら、傑作《けっさく》でしょう？　ま、とにかく、いったん昼休みにしましょうか」

奥座敷から出ていこうとする三橋に、迦楼羅が声をかけた。

「三橋さん、それなら、もっとおもしろくしませんか?」

「もっとおもしろく?」

ふりかえった三橋のキツネ目がまんまるになっている。

「これじゃあ、ただの透視《とうし》ですから。でも、三橋さんはわたしの目から京大光線が出ていること、そして、ゆくゆくはそれが殺人光線になることを訴《うった》えたいのでしょう?」

キツネ目がきゅうっと細くなった。

「……それで?」

「昨夜、考えたのです。わたしははたして心霊兵器《しんれいへいき》になれるのだろうか、と。そして、思いあたりました。もともと、わたしたち陰陽師《おんみょうじ》には、他人の命をあやつる力があるじゃないかと」

「……それはいったい、どういうことです?」

「『怨敵調伏《おんてきちょうぶく》』という呪法《じゅほう》です。方法は陰陽師や修験者《しゅげんじゃ》、拝み屋によってちがうのですが、わたしの場合、蛇《へび》の皮を護摩《ごま》の火に投じながら『オン・ギャロダヤ・ソワカ』と唱えると、怨敵を破《は》滅《めつ》させることができます」

「……それはつまり、敵を殺すことができる、ということですか?」

三橋の脂《あぶら》ぎった額に、じんわりと汗《あせ》の玉がわきだしている。

「はい。ただ、呪法は二十一回くり返さなければ効き目はありません。それでは敵に逃《に》げられるか、そのすきにこちらがやられてしまいます。しかし、もし、わたしの透視《とうし》・念写《ねんしゃ》能力と組み合わせたら……」

三橋は、額の汗《あせ》をぬぐうと、ごくりとのどをならした。

「できそうなのですか？」

迦楼羅はうっすらと笑《え》みを浮《う》かべた。

「それはまだなんとも。でも、今夜、アメリカ軍の方々に、その可能性をほのめかすぐらいのことはできるのではないかと」

「どうやって？」

にじりよる三橋に、迦楼羅はさりげなくおれの横へと体を逃《に》がす。

「三橋さんは、きのうの実験について資料にまとめるとおっしゃってましたが、そこには当然、ウマノオバチの透視能力についても記されましたよね？」

「もちろんです。京大光線が科学的に正しいことをしめす有力な証拠《しょうこ》ですから」

「迦楼羅天《かるらてん》にも、ウマノオバチのような力があります」

三橋が、ぽかんと口を開けた。

「わたしの『迦楼羅』という名は、『迦楼羅天』という仏法守護の神から取ったものですが、この神はもともとインド神話の『ガルーダ』に由来しています」

ガルーダは赤い翼《つばさ》を持ち、くちばしから金の火を吹《ふ》く神鳥だと、迦楼羅は厳《おごそ》かにいった。

「仏教に取り入れられて『迦楼羅天』と名を変えたあとも、煩悩《ぼんのう》の象徴《しょうちょう》である毒蛇《どくじゃ》を探しだし、食い殺すことで人々を救うとされてきました。どうです？ ウマノオバチに似ているでしょう？」

三橋は、こくっと首をかしげた。

「煩悩は目に見えぬものです。それを迦楼羅天は透視《とうし》し、殺す。ちょうど、ウマノオバチが樹皮の下の幼虫を透視し、産卵管《さんらんかん》を突《つ》き刺《さ》すように」

「な、なるほど。それで？」

「槍《やり》を一本、用意してください。ここは京都です、古道具屋さんに行けば、むかしの槍ぐらい、すぐに見つかるはずです」

「それはそうでしょうが、槍でいったいなにを……」

「ふたりのまえに白い布をたらして姿を隠《かく》してください。わたしは、ソ連の国旗をつけたほうを透視したうえで、槍でえいっと突く。ウマノオバチのように」

「いや、しかし、それは……」

「もちろん、ほんとうに刺《さ》し殺《ころ》しはしません。ソ連の国旗をつけたほうは、わら人形にしてください。ちゃんと透視して、そちらを刺しますから」

三橋が目をぱちぱちさせている。困っているようすが、ありありと見てとれた。

「おもしろいです。とてもいい案だとは思います。が、研究員がうんというかどうか。万が一、透視《とうし》に失敗すれば、自分が刺し殺《さ　ころ》されかねないわけですし、それで警察沙汰《けいさつざた》にでもなれば、わたしも米軍のほうもめんどうなことに……」

「では、妙子にしてください」

「え？」

「それから小春《こはる》さん。あの子も呼びましょう。そして人間の女の子の大きさにしたわら人形。それを白い布のうしろにかくします。それなら、わたしもなにがあってもまちがえられませんし、若い女性の命がかかっているとなれば、実験にも真剣味《しんけんみ》が増します。アメリカ軍の方も、さぞ驚《おどろ》くでしょう」

迦楼羅は薄紅色《うすべにいろ》の唇《くちびる》のはしをきゅっとあげて微笑《ほほえ》んだ。

★

「……このように、京大光線は生物学の立場からも生物線の一種として、科学的に証明されているわけでして……」

三橋の熱弁はもう十五分以上も続いていた。それを通訳がけんめいに英語に変えていく。しかし、アメリカ陸軍のファーラー大佐は、いっこうに興味をしめそうとはしなかった。手にした資料に目を落とすこともなく、紺色《こんいろ》の制服に包まれた体は落ちつきなくゆすりながら、しかめ面《つら》をあちこちにむけている。

ふきげんの原因は、まぎれもなく場所だ。

おれたちはいま、一条戻橋《いちじょうもどりばし》の下にいた。堀川《ほりかわ》は堤《つつみ》の幅《はば》は広いが、流れそのものはまたげるほど細く、残りはコンクリートで固められている。

が、掘割《けりわり》は二メートル以上の深さがあって、そこを風が強く吹《ふ》きぬけるのだ。いまは十一月も下旬《げじゅん》。しかも日はとっくに落ちている。北風は身を切るように冷たかった。

『なぜこんなところに連れてこられなくてはならんのだ』

堀川通から、橋の下に降りるときから、ファーラー大佐は文句をいっていた。もちろん、おれに英語はわからないが、横浜《よこはま》ではアメリカさんといろいろつきあいがあったから、声の調子と顔色を見れば、なにをいってるかはわかる。

『心霊兵器《しんれいへいき》についてすばらしい実験をお目にかけたいからです。ご期待は裏切りませんよ』

三橋は胸をはったが、ここを会合の場所にしたのは、実は迦楼羅の指示だ。

『日本の陰陽師《おんみょうじ》が優秀《ゆうしゅう》な心霊兵器となることを、安倍晴明《あべのせいめい》の聖地で証明すれば、アメリカ軍の方にもより強い印象を与《あた》えられるはずですよ』

そんな迦楼羅の言葉を、三橋は一も二もなく受け入れた。

昨夜、迦楼羅がいったとおりだ。性悪《しょうわる》の拝み屋よろしく、迦楼羅は三橋を信じこませること にまんまと成功したのだ。

だが、なぜここを実験の場に選んだのか。そしてなにをするつもりなのか。

それは、おれも迦楼羅から聞いていなかった。聞きたくてもひまがなかった。槍《やり》を使った実験 を提案されてから、三橋はずっと興奮状態で、迦楼羅にはりついて離《はな》れなかったからだ。

わずかなすきを盗《ぬす》んで迦楼羅がおれにささやいたのは、ひとことだけ。

『そのときが来たら豪太郎《ごうたろう》さんの出番です』

迦楼羅とおれのあいだでは、それだけですべてが通じた。おれにとっての〈そのとき〉は、当 然、腕《うで》っぷしにものをいわせるとき。つまり、迦楼羅は、そのうち修羅場《しゅらば》になるから、そのとき はたのむ、といってるのだ。

「……生物線を使って獲物《えもの》を透視《とうし》して仕留める。そんなウマノオバチのようなことが、もし人間 にもできたら？　それこそ、まさに究極の心霊兵器《しんれいへいき》になると思いませんか」

寒風にほおを染めながら、三橋がファーラー大佐に微笑《ほほえ》みかけている。が、大佐は返事もしな い。ふきげんの色はますます濃《こ》くなっている。それでも三橋はひるまなかった。

「Seeing is believing《シーイング・イズ・ビリービング》――百聞は一見にしかず！　これから、それをご覧に入れましょう」

三橋がさっと腕《うで》をあげた。

バタバタバタッ
むこう岸に立てられていた二本の支柱のあいだに、大きな白い布が掲《かか》げられた。とつぜん現れた幕に、さすがのファーラー大佐も、目を見はっている。

「これより、あの幕のむこうにうら若き女性が三人立ちます。ひとりは念写《ねんしゃ》実験に成功した東海《とうかい》寺《じ》迦楼羅氏の妹、ひとりはその友人、そして、女性をかたどったわら人形です」

幕のむこうで、人が動く気配がする。が、灯《あか》りらしい灯りは、少し離《はな》れた堀川通の街灯ぐらいだから、だれがなにをしているのかはまったくわからない。

「ごらんのように、どこに人間の女性ふたりが、どこにわら人形が立っているか、こちらからは見えません。それを東海寺氏が透視《とうし》をし、この長槍《ながやり》でわら人形を突《つ》き刺《さ》してご覧に入れます！」

腕を広げた三橋のもとへ迦楼羅がしずしずと歩みよる。

あざやかな赤紫《あかむらさき》の狩衣《かりぎぬ》に、どこで借りてきたのか、頭には黒い烏帽子《えぼし》をつけている。

一見、おおげさに思えるが、透《す》きとおるような細面《ほそおもて》と、そこにたたえた涼《すず》やかな微笑《ほほえ》みによく似合って、本物の平安時代の貴公子が現れたかのようだ。

「賢明《けんめい》なる大佐殿《どの》にはもうおわかりでしょうが、これは東海寺迦楼羅氏の両眼から発せられる京大光線が、見えない敵をつきとめ、たいせつな味方を傷つけることなく、人知れず攻撃《こうげき》できる力を持つことを証明する実験です。それでは、東海寺殿《どの》」

三橋は長槍《ながやり》を両手で拾いあげると、ささげるようにして迦楼羅に差しだす。それを迦楼羅が手に取ろうとしたそのとき。

「Wait a minute《ウェイト　ア・ミニット》!」

冷たい夜気を英語が切《き》り裂《さ》いた。

「ちょっと待ってください」

通訳の声に、三橋をはじめ、その場の全員がファーラー大佐をふりかえる。大佐の薄《うす》い唇《くちびる》がせわしなく動きはじめた。なにをいっているのかわからないが、なにか文句をつけているらしいことだけは、だれの目にも明らかだった。

「なぜ槍を使うのですか?」

通訳が口を開いた。

「それはサムライの武器でしょう。わたしたちが探しているのは、現代の戦争に有効な心霊兵器《サイキック・ウェポン》です」

闇《やみ》の中でも、三橋の顔から血の気がひいていくのが、はっきりとわかった。

「そ、それはもちろん、わかっております。今日の実験は、その第一段階ということで……」

「それに、幕のむこうにいる三人の配置も怪《あや》しい。東海寺さんは、どこにわら人形があるのか、あらかじめ知らされているのではないですか？」

「そ、そんなことはありません。すべて透視《とうし》によって……」

「お疑いはごもっともです」

三橋をさえぎったのは、迦楼羅の凛《りん》とした声だった。

「では、こういたしましょう。幕のむこうの三人の配置は、大佐ご自身で決めてくださってけっこうです。わたしは、ここからわら人形を正確に透視し、そして、霊力《れいりょく》によって燃え上がらせてご覧に入れましょう」

「お、おい、そんなことといって……」

「だいじょうぶです。ここはわたしにまかせてください」

三橋を安心させるように迦楼羅はうなずくと、ファーラー大佐をまっすぐに見つめた。

「大佐。あなたがたが望んでいたのは、人間を自然発火させる力を持つ『アグニ神像』だったことは承知しております。しかし、わたしはインド神話の神鳥『ガルーダ』を祖とする『迦楼羅天』の力を受けつぐ者。それと似たことが、いいえ、それ以上のことができるのです」

通訳に耳をかたむけていた大佐の目が、急に大きく見開かれる。迦楼羅はかまわず語り続けた。

「多くの仏が慈悲《じひ》に満ちたやさしい姿をしている中に、憤怒《ふんぬ》の形相をした戦う仏がいます。不動《ふどう》明王《みょうおう》です。戦いの相手は悪と煩悩《ぼんのう》。そのために剣《けん》や縄《じょう》など、さまざまの武器を持っていますが、背中の巨大《きょだい》な炎《ほのお》もそのひとつ。『迦楼羅焔《かるらえん》』といって、迦楼羅天が口から吐《は》く炎を武器にしたものです」

迦楼羅は誇《ほこ》らしげに胸をはると、薄紅色《うすべにいろ》の唇《くちびる》のはしをきゅっとあげた。

「わたしはこれから、その迦楼羅焔に、透視能力《とうしのうりょく》と念写能力を組み合わせてみようと思います。見えない敵を透視し、離《はな》れた場所から発火させられるなら、アグニ神像よりも有効な心霊兵器《しんれいへいき》となる、そう思いませんか」

――いったいなにをいいだすんだ、迦楼羅さん……。

が、三橋の驚《おどろ》きようは、おれをはるかに上まわっていた。ぶあつい唇をふるわせ、ハンカチでしきりに額をこすっている。ファーラー大佐の目も輝《かがや》いていた。キツネ目には、驚愕《きょうがく》だけでなく、期待の色も浮《う》かんでいた。やがてすっくと立ちあがり、通訳を連れてむこう岸にわたると、白い幕のむこうに消えた。

なにやら、くぐもった声と人の動く気配がするのは、妙子と小春、そしてわら人形の立ち位置に注文をつけているのだろう。

が、一分とたたないうちに姿を現した。また細い流れをまたぎ、のしのしともどってくると、もとの席にどっかと腰《こし》をおろす。それから、迦楼羅を見上げ、あごをしゃくった。

「Go ahead.《ゴー・アヘッド》」

迦楼羅がこくりとうなずいた。おれたちに背をむけ、むこう岸の白い幕に正対する。

切れ長の目を静かに閉じ、両手をおかしな形に組んだ。薄《うす》い唇《くちびる》がかすかに動いているが、声は聞こえない。が、やがて、かっと目を見開くと、うなるような声をあげた。

「オン・ギャロダヤ・ソワカ」

昨夜、識《しき》を呼びだすのに使った真言《しんごん》だ。どうやら、これが迦楼羅天の真言らしい。

「オン・ギャロダヤ・ソワカ。オン・ギャロダヤ・ソワカ」

真言を唱える声は、深い掘割《ほりわり》の壁《かべ》に反射して、どんどん大きくなっていく。

「オン・ギャロダヤ・ソワカ！　オン・ギャロダヤ・ソワカ！　オン・ギャロダヤ・ソワカ！」

迦楼羅の声の調子がひときわ高くなったときだった。

「きゃあ！」

女の悲鳴があがった。と同時に、白い幕のむこうで、赤い光がゆらめきはじめた。

――なにが起きた……。

おれが腰を浮《う》かせるのと同時に、また女の悲鳴があがった。

「きゃあ！　だ、だれか、助けて！　妙子ちゃんが……。妙子ちゃんが……」

──な、なんだって！

気がついたときには、おれの体は白い幕にむかってかけだしていた。

が、細い流れに行き着くまえに、ぼっと音をたてて、白い幕に火がついた。

おりしも強くなった北風にあおられて、幕は火の粉をまき散らしながら一気に燃え上がる。

その奥《おく》で、人が燃えていた。

正確にいえば、人の形をした炎《ほのお》が、うごめいていた。

わら人形じゃないことはすぐにわかった。人形は歩かない。

が、人の形をした炎は、両腕《りょううで》をだらんとたらして、ふらふらと歩いている。

そして、そのまわりで、酔《よ》っぱらいのように、おろおろしている女がひとり。

「妙子ちゃんが……。妙子ちゃんが……」

──小春……。

燃える人間の火灯《ひあか》りに照らされて、タヌキ顔がはっきりと見てとれた。勝ち気そうな顔が、いまは恐怖《きょうふ》と絶望の涙《なみだ》でどろどろによごれている。

「だれか、消してあげて……。火を消して……」

そうだよ、助けるんだよ！　これこそ〈そのとき〉じゃねえか！

どういうわけで火がついたのはわからないが、迦楼羅はしくじったんだ。

透視《とうし》に失敗して、わら人形ではなく、妹の妙子に火をつけてしまったんだ。

だが、まだ間に合うかもしれない。火さえ消せば、命だけは助かるかもしれない。

意を決して堀川の細い流れをまたごうとしたとき。

「豪太郎さん！　三橋たちを逃《に》がさないようにしてください！」

ふりかえると、迦楼羅がこちらにむかってかけてくるところだった。

「あの人たちを警察にひきわたすチャンスです！　ここから逃がしちゃだめです！」

迦楼羅の指の先に、三橋と白衣の男たちがいた。風に舞《ま》う紙をかき集め、机や椅子《いす》をかつごうとしている。

「あの人たちには警察には知られたくない、なにかうしろ暗いことがあるのです。だから、この騒《さわ》ぎで自分たちの存在や活動が公《おおやけ》になることをきらって、逃げようとしてるんです！　だから、がつんと殴《なぐ》って、のしちゃってください！」

なにいってんだ、迦楼羅さん。妹を助けるのが先だろ！

あんたが火をつけたんだぞ！

あんたのせいで妙子さんは死にかけてるんだぞ！

そう叫《さけ》びたいのに、迦楼羅への驚《おどろ》きと不信と怒《いか》りで声にならない……。

「あれは妙子ではありませんよ、豪太郎さん」

迦楼羅の声がした。すぐそこにいるのに、ずっと遠くから聞こえるような気がする。

「聞こえてますか？　あれは識《しき》です。妙子じゃないんです」

なにをいわれているのかわからず、おれはただぼんやりと美少年に目をむけた。

「識です。妖《あやか》しですから、焼け死んだりしません。わたしの命令で燃えているふりをしているだけなんです」

「……識？　それじゃあ妙子さんは……」

「わかりません。でも、わたしたちがここへ来たときには、もうここにはいなかったんですよ。わたしたちはだまされていたんですよ、妙子にも」

「わからない……。なにをいわれているのか、わからない……」

「あとで説明してあげます。でも、いまはどうか、三橋たちを警察にひきわたす算段をお願いします！　それこそが妙子がわたしたちをだました理由なんですから！」

ふと顔をあげると、橋の上に人が集まりはじめていた。赤々と燃える大きな幕と、燃える人間とで、夜空を背景に一条戻橋が浮《う》かびあがっている。

「火事や！　火事や！　一一九番や！」

「人が燃えてるぞ！　救急車も呼びぃ！」

続々と集まる野次馬に、橋の下の三橋が、白衣の男たちにむかってどなりはじめた。

「もういい！　机も椅子《いす》も残して、とにかく逃《に》げろ！　ここで道に上がるな！　このまま掘割《ほりわり》を中立売《なかだちうり》か上長者町《かみちょうじゃまち》か、そのへんまで走ってから、通りに上がるんだ。いいな！」

――逃げろ、だと？

どういうことかはよくわからない。が、事態は迦楼羅がいったとおりに動いている。

「だから三橋を逃がしてはならない……」

だれにいうともなくつぶやくと、急に目のまえがはっきりと見えるようになった。

そこへまた迦楼羅の声が飛んできた。

「小春さんはわたしがめんどうをみます！　晴明神社《せいめいじんじゃ》で会いましょう！」

おれはだまってうなずくと、三橋たちにむかって突進《とっしん》した。

視界の片隅《かたすみ》に、紺色《こんいろ》の軍服が掘割を上がっていくのが見える。

――ちっ、アメリカさんは逃げ足がはええや。だったら、なおさら三橋だけは逃がさねえ！

「どうりゃぁ！」

白衣の男たちに襲《おそ》いかかった。ひとり目をうしろから羽交《はが》い締《じ》めにし、体をひねって地面にたたきつける。相手があおむけになったところで、みぞおちにこぶしを埋《う》める。

「うう……」

白目をむく男にかまわず、ふたり目の男の足を払《はら》う。もんどりうって倒《たお》れた男の首筋に、すか

さず手刀をうちこんだ。

「むぅ……」

――さて、と、残るはあとひとり……。

顔をあげると、目のまえに、恐怖《きょうふ》にひきつる脂《あぶら》ぎった顔があった。

「ま、待て……。な、なにをする気だ……」

念写実験の資料とやらを後生大事にかかえながら、三橋はよろよろとあとずさっていく。

「なにって、オトシマエ、つけさせてもらおうと思ってな」

おれは、のしのしと三橋を追いつめていく。

「や、やめろ。見逃《みのが》してくれ。たのむ……」

「心配するな。命を取ろうなんて思っちゃいねえ。ただ、これでも極道《ごくどう》のはしくれでな。きのうの一発のお返しだけはしておかないと、男が立たねえんだよ」

ボスッ
太鼓腹《たいこばら》に、右のこぶしを一発、思い切りうちこんだ。

「うぐっ。ぐぅ……」

胸にかかえていた紙の束が、ぱあっと夜空に舞《ま》うその中を、三橋は、ちょろちょろと流れる堀川へ、脂ぎった顔から倒《たお》れこんだ。

「ふう……」

つめていた息を吐《は》き出《だ》したところで、けたたましいサイレンの音が聞こえた。それもひとつではない。四方八方から、みるみる近づいてくる。

おれは深い掘割《ほりわり》の中を猛然《もうぜん》とかけだした。

「やべえな……」

そう口にしたものの、つかまる心配は少しもしていなかった。

けんかはともかく、逃《に》げ足《あし》についてはだれにも負けない自信があった。

★

「わたしがずっとひっかかっていたのは、象摩《ぞうま》と妙子の接点でした」

三十分後、晴明神社の裏で、おれたちは落ち合った。まわりに人気《ひとけ》のない暗闇《くらやみ》の中、迦楼羅は気を失った小春をかかえながら、一部始終を語り出した。

「どこで出会ったのか。それはわたしにもわかりません。が、おそらく最初は偶然《ぐうぜん》でしょう。けれども象摩は、ただの偶然じゃない、まさにシンクロニシティだと思ったことでしょう。父親の仇《かたき》の娘《むすめ》に出会ったどころか、その居所を遠隔透視《えんかくとうし》した絵まで持っていたんですから」

そこで、象摩《ぞうま》は、妙子をＥＳＰ研究所の三橋に会わせることを画策した。象摩は、三橋も東海寺摩睺羅《まごら》を追っていることを知っていたからだ。心霊兵器《しんれいへいき》のことで、三橋は業摩《ごうま》も調べ、再起不能に陥《おちい》っていることをつかんでいた。象摩と三橋はそのとき接触したのだ。

「そこで象摩は妙子に橋占《はしうら》をすすめました。陰陽師《おんみょうじ》の聖地で、橋占で名高い一条戻橋へ行け。きっとお父さんの手がかりが得られるだろう、と」

そうか！　象摩はそうやって、さりげなく三橋と接触《せっしょく》するよう仕向けたわけか！

「なるほど、そしてねらいは的中したわけだな。妙子さんの絵から、摩睺羅さんが上海《シャンハイ》にいるとわかったわけだ」

「でも、象摩はそのことをすぐに知ることはできなかったはずです。なぜなら絵の内容をつきとめたのは、妙子がＥＳＰ研究所に行ってから。そして、三橋は貴重な情報源の妙子を自由に外出させたとは思えません。つまり、橋占のあと、ふたりの接点はないんです」

なのに、象摩は、リーの情報、丸亀《まるがめ》のヤクザや詫間港《たくまこう》の漁船、さらには、迦楼羅の性格や居場所まで知っていて、それは妙子から聞いたといっていた。どういうことか？

「そこで、豪太郎さんがすばらしいひとことをいってくれました。妙子の遠隔透視《えんかくとうし》は現在しか見えないと。そのひとことで、すべての説明がついたんです。象摩がどうやって妙子から情報を得ていたのかも、それから、どうして東寺《とうじ》の遠隔透視のスケッチはおかしかったのか」

「東寺のスケッチがおかしい？」

「気がつきませんでしたか？　わたしの目を通して遠隔透視《えんかくとうし》して描《か》いたのなら、もっと具体的に縁日《えんにち》のようすをスケッチできたはずです。でも、あそこに描かれていたのは、だれもが知ってる五重塔《ごじゅうのとう》と、いかにも縁日らしい絵にすぎませんでした。なぜでしょう？　それは……」

妙子が遠隔透視をしたのは、リーが焼死《しょうし》した晩だったからだ。そのときおれたちはまだ神戸《こうべ》にいて、東寺へ行くと話していただけだ。だから具体的には描けなかったのだ。

「それでわかりました。妙子には、その気になれば、わたしの行動が見えるのだと。ということは、わたしが自分の姿を与《あた》えた識《しき》を駆使《くし》していることも知っていたということになります」

妙子はそこで、その識を自分も使うことにしたのだという。

「名前にも姿にも呪力《じゅりょく》があります。識は霊的《れいてき》な存在ですから、呪力の元に呼ばれれば、当然、いうことを聞きます。つまり、識は、わたしの知らないうちに、妙子にも仕えていたのです」

そうか。それで、ゆうべ、識を呼びつけたとき、迦楼羅はいっていたんだ。

『いいんだよ。もうすべてわかったし、おまえを責めたりはしないから』と。

「しかし、迦楼羅さん。あんたたちふたりは、ずいぶん離《はな》れていたぞ。識は、香川県《かがわけん》と京都のあいだを行ったり来たりしたことになる。そんなことできるのか？」

迦楼羅の目じりに、笑いじわが浮《う》かんだ。

「神出鬼没《しんしゅつきぼつ》というぐらいですから、できるのでしょう」

「でしょうって、わからないのかよ」

「わたしは人間ですから。でも、少なくとも、識《しき》は汽車に乗る必要はないようです」

こうして、妙子の姿をした識は、象摩《ぞうま》に接触《せっしょく》しては、妙子から伝えるようにいわれた情報を教え続けたのだそうだ。

「でも、なんのために？　その情報のせいで、おれたちはさんざんな目にあったんだぞ」

「おかげで、象摩は霊力《れいりょく》を失い、アグニ神像はこわれました」

「なんだと？　それじゃあ、妙子さんはおれたちに始末をさせたってことか……」

細いあごが、こくりと動いた。

「あいまいな東寺のスケッチを描《か》いたのも、同じです。あれは三橋にわたしたちの居場所を知らせたのではなく、わたしたちを三橋に近づかせたのです。父の動きを知る者たち、父を危険な目にあわせる可能性のある者たちを、わたしたちに始末させるために」

あぜんとするおれに、迦楼羅はやわらかな笑《え》みを浮《う》かべて、語り続ける。

「そして、自分は識と入れかわり、父を探す旅に出た。おそらく東寺の絵を描いた直後には、そうしていたはずです。リーが死んだ以上、三橋のもとにいても父の情報は入りませんから」

なんてこった……。妙子さんに『だまされていた』といったのは、そういう意味だったのか。

「なんか、おれたち、孫悟空《そんごくう》みたいだな」

おれがつぶやくと、迦楼羅がくすっと笑った。

「いくら空を飛んでも、お釈迦様《しゃかさま》の手のひらから出られないという、あれですか？　本好きの豪太郎さんらしいたとえですね。でもわたしは妙子を追いますよ。修行《しゅぎょう》もするし、父も探します」

迦楼羅はそういうと、おれをまっすぐに見つめた。

「豪太郎さんも、つきあってくれますよね。わたしの旅に」

「まあな。でも……」

「でも、なんですか？」

迦楼羅の顔に不安の色がよぎる。

「こいつ、どうするよ」

おれが小春にむかってあごをしゃくると、迦楼羅はためいきをついた。

「小春さんには悪いことをしました。透視《とうし》の『的《まと》』になるついでに、識《しき》に、というか、妙子に九《く》字の呪文《じゅもん》の数珠《じゅず》をかけてくれとたのんだのです……」

なんでも、九字の数珠に念を送ると、火花が散るのだという。それも霊能力《れいのうりょく》のひとつで、野宿のとき、たき火をおこしたりするのに重宝するらしい。

「それを利用して識に火をつけたのですが、まさか気絶するとは……」

「まさかって、迦楼羅さん。目のまえで人が燃え上がったら、だれでも半狂乱《はんきょうらん》になるぜ」

迦楼羅の霊能力《れいのうりょく》はすごいと思う。が、ときどき、人間のあたりまえの感情を理解できてないところがあることにも驚《おどろ》かされる。

「とりあえず意識がもどったら、妙子に、というか、識《しき》に会わせて安心させてあげます」

それで安心するか？　じゃあ燃えていたのはだれなのかと、問いただすだろ。

「それより迦楼羅さん。もっといい手があるぜ」

「なんですか？」

「二十五日の北野天満宮《きたのてんまんぐう》の縁日《えんにち》、つきあってやれ。がっぽりもうけて、金を拝めば、さっきのことなんか、きれいさっぱり忘れちまうさ」

迦楼羅の白い顔いっぱいに、輝《かがや》くような笑《え》みが広がった。

「ああ、やっぱり豪太郎さんです！　ええ、そうしましょう！　そして、わたしたちの旅費も、がっぽり稼《かせ》ぎましょう！」

迦楼羅と豪太郎のお・ま・け

◆豪太郎《ごうたろう》が紫苑《しおん》の娘《むすめ》に買いに行かされた「なかよし」創刊号の表紙。刊行は昭和《しょうわ》29（1954）年12月だから、もう60年以上もまえ。いまも刊行されている雑誌では、日本でいちばん古い雑誌なんだ。

◆ふろくについていた「少女うらないブック」の表紙と、「びっくりゆめうらない」のページ。

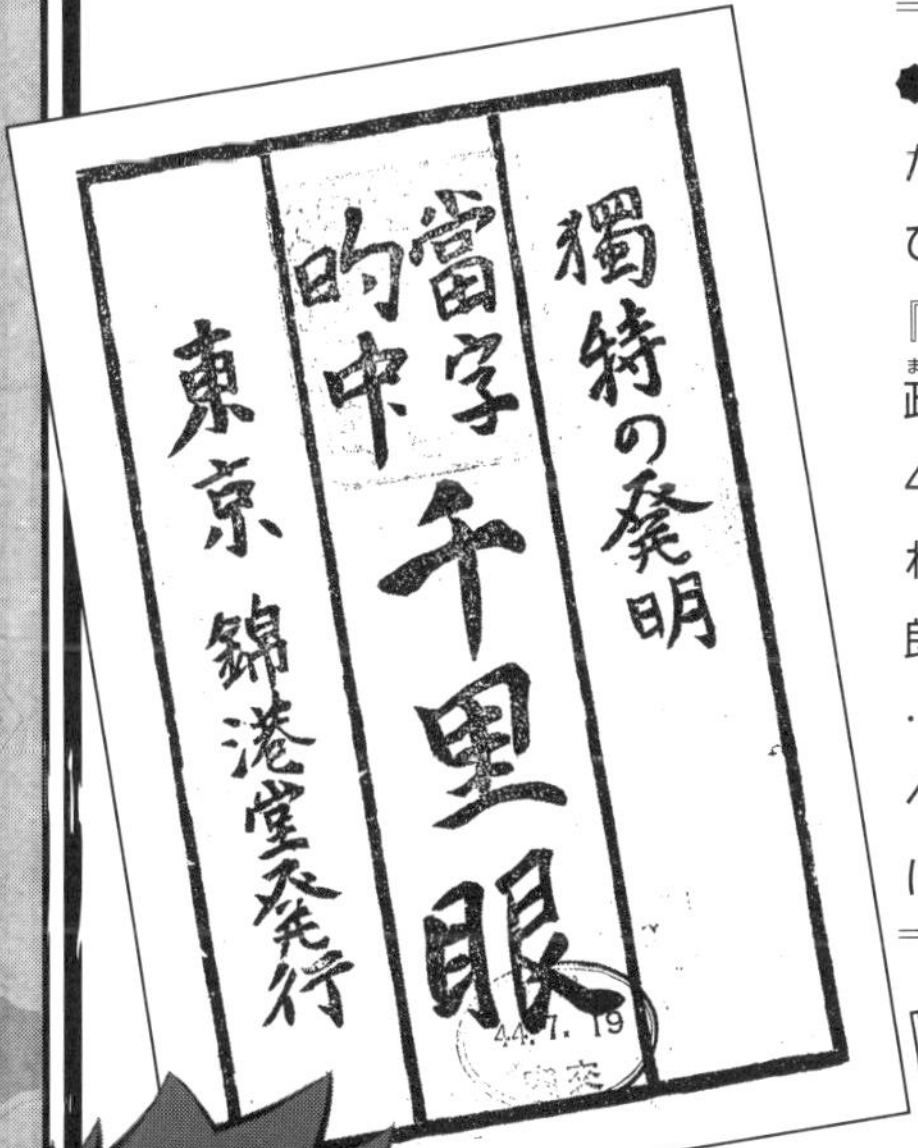
獨特の發明
當字的中 千里眼
東京 錦港堂發行

火汁烟
布袖計
白江垢
姑羽芥
五

口粟庖
呂阿机
裕計九
洸文松
二十六

●明治《めいじ》時代にブームになった千里眼。そのきっかけのひとつになったのが、この『千里眼《せんりがん》　当字的中《あてじてきちゅう》』（中田《なかだ》政吉《まさきち》／編）という本。明治44（1911）年の刊行。これはその扉《とびら》ページと、豪太郎が挑戦《ちょうせん》した「火　汁　烟……」「口　粟　庖……」のページ。小春《こはる》もこれを参考にしたんじゃないかな？

※国立国会図書館デジタルコレクションより

あとがき　長年の念願、かないました！

石崎洋司

作家にとって、キャラクターはただの登場人物ではありません。

呼吸をし、熱い血の流れる肉体を持つ、ひとつの人格です。

作品の内外で「ここはこうしたほうがいい」「この台詞《せりふ》はこういわせてもらう」と、アドバイスや注文をしてくれる、大切な相棒でもあります。

シリーズ作品となればなおさらです。たとえば『黒魔女《くろまじょ》さんが通《とお》る!!』（講談社青い鳥文庫）は、二〇二〇年秋の時点で、スピンオフ等をふくめ四十五冊以上にものぼりますから、全キャラクターが、いわば寝食を共にする家族。雑談もすれば、キャラたちが思い出話に花を咲かせもする。すると、ぼくも物書き。思わず書きとめてしまい……。そうやって『黒魔女《くろまじょ》の騎士《きし》ギューバッド』や『魔女学校物語《まじょがっこうものがたり》』などのシリーズがまた生まれたりします。

この物語の主人公・東海寺迦楼羅《とうかいじかるら》も、そんなキャラクターのひとりでした。

最初の出会いは『恋《こい》のギュービッド大作戦《だいさくせん》！』。令丈《れいじょう》ヒロ子《こ》先生の大人気シリーズ『若《わか》おかみは小学生《しょうがくせい》！』（講談社青い鳥文庫）との、コラボ小説のなかでした。

「黒魔女さん」のキャラ東海寺阿修羅《あしゅら》くんの祖父として、ほんの数ページの登場でした。なのに、藤田香《ふじたかおり》さんが描《えが》く迦楼羅さんのなんと素晴らしいこと！（『恋のギュービッド大作戦！』単行本版・青い鳥文庫版ともに180ページ挿絵）ぼくは一発で心を奪われてしまいました。

聞けば、同じ本に登場する麻倉豪太郎《あさくらごうたろう》さん（「黒魔女さん」のキャラ麻倉良太郎《りょうたろう》くんの祖父）とは知りあいで、さらには、二人で日本全国を放浪《ほうろう》しながら、サイキックな冒険《ぼうけん》をしてきたというではありませんか。

「ぜひ、その話、聞かせてください！」

そう懇願《こんがん》したものの、迦楼羅さんは遊行の陰陽師《おんみょうじ》。かんたんにはお会いできません。豪太郎さんから聞いた現在のエピソードを、『黒魔女《くろまじょ》さんの夏休《なつやす》み　6年《ねん》1組《くみ》 黒魔女《くろまじょ》さんが通《とお》る!!06』の中に書かせてもらうにとどまっていました。

それでも、機会をみては、こつこつと聞き書きを重ねてきました。しかも、イラストは、〈若おかみ×黒魔女さん〉コラボ小説で、亡くなられた藤田香さんとイラストをコラボするという、超絶テクニックを披露した亜沙美《あさみ》さんが、描いてくださるというのです。

こうして、初対面からほぼ十年。長年の念願が、ついにかなうこととなりました。

迦楼羅さんと豪太郎さんの、ちょっとレトロで、ときどきビブリオチックなオカルト冒険譚《ぼうけんたん》。

まだまだ続きがありますので、どうぞ、ぞんぶんにお楽しみください！

石崎洋司（いしざき　ひろし）

東京都生まれ。慶應義塾大学経済学部卒業。『世界の果ての魔女学校』（講談社）で野間児童文芸賞、日本児童文芸家協会賞受賞。主な著書に、「黒魔女さんが通る!!」シリーズ（講談社青い鳥文庫）、『杉原千畝 命のビザ』『福沢諭吉 「自由」を創る』（ともに講談社火の鳥伝記文庫）、「講談えほん」シリーズ（講談社）、翻訳の仕事に『クロックワークスリー マコーリー公園の秘密と三つの宝物』（講談社）、「少年弁護士セオの事件簿」シリーズ（岩崎書店）などがある。

亜沙美（あさみ）

大阪府生まれ。京都芸術短期大学（現・京都芸術大学）ビジュアルデザインコース卒業。2001年、講談社フェーマススクールズ コミックイラスト・グランプリ佳作入選。さし絵の作品に、「若おかみは小学生！」シリーズ、「温泉アイドルは小学生！」シリーズ、『フランダースの犬』『南総里見八犬伝』（以上、講談社青い鳥文庫）などがある。

作中のディケンズ『荒涼館』は、『世界文学大系29　ディケンズ』（青木雄造・小池滋／訳　筑摩書房）、『クリスマスカロル』は、『クリスマス・カロル』（村岡花子／訳　新潮文庫）から引用しました。

陰陽師《おんみょうじ》東海寺《とうかいじ》迦楼羅《かるら》の事件簿《じけんぼ》 1　人体発火《じんたいはっか》の譚《たん》

2020年11月24日　第1刷発行

著者　石崎洋司《いしざきひろし》
絵　亜沙美《あさみ》
発行者　渡瀬昌彦

発行所　株式会社 講談社
〒112-8001
東京都文京区音羽2-12-21
電話　編集03-5395-3535
　　　販売03-5395-3625
　　　業務03-5395-3615

印刷所　豊国印刷株式会社
製本所　大口製本印刷株式会社
本文データ制作　講談社デジタル製作

N.D.C.913 255p 19cm ISBN978-4-06-521272-1

本書は書きおろしです。